所谓作家

廖安生 著

北方文艺出版社
哈尔滨

图书在版编目（CIP）数据

所谓作家 / 廖安生著. -- 哈尔滨 : 北方文艺出版社, 2025. 1. -- ISBN 978-7-5317-6516-5

Ⅰ. I247.7

中国国家版本馆CIP数据核字第2025Q4F959号

所谓作家
SUOWEI ZUOJIA

作　者 / 廖安生
责任编辑 / 滕　蕾　　　　　　　　　　封面设计 / 罗佳丽

出版发行 / 北方文艺出版社　　　　　　邮　编 / 150008
发行电话 / (0451) 86825533　　　　　经　销 / 新华书店
地　址 / 哈尔滨市南岗区宣庆小区 1 号楼　网　址 / www.bfwy.com

印　刷 / 廊坊市伍福印刷有限公司　　　开　本 / 880mm × 1230mm　1/32
字　数 / 200 千　　　　　　　　　　　印　张 / 8
版　次 / 2025 年 1 月第 1 版　　　　　印　次 / 2025 年 1 月第 1 次印刷

书　号 / ISBN 978-7-5317-6516-5　　　定　价 / 69.00 元

序

安生是个很勤奋的作家，自20世纪末至今，他已经出版了十几部书，其中长篇小说两部、中短篇小说集五部，创作势头旺盛。

近年来，安生又写了多篇小说，并以其中的《所谓作家》为书名，辑而为集，准备付梓。安生嘱我为此书写点文字。

安生的小说，篇幅都不长，有的三四千字，有的一两千字。按约定俗成的说法，这类小说属于小小说（或微型小说）范畴。小小说受内容制约，无法过多展开，比如情节铺张、心理刻画、景物描写等。结构上也比较单一，多采用线型推进，平铺直叙。但小小说所讲述的精短故事，能让人很快获得阅读快感（而非掩卷思索）。从这一点上说，故事是小小说最核心的要素，讲好故事，作品就成功了。

安生是个善于讲故事的人。文体上，小说是虚构的艺术，然而虚构并不能脱离生活的真实。安生的故事，都是从现实中撷取提炼而来。他讲述的故事，立足于生养的故乡、工作的单位、社会的见闻、交往的熟人。他笔下的人物是多维的，有地方首长、基层干部，有业余作家，有中小学老师、学生，有下岗工人，有复转军人、警察，有法官、检察官，有扶贫干部、贫困对象。他讲述的故事也是多层次的，既有对丑恶的鞭挞，也有对美德的颂扬，还有不确定性的无奈、迷惘和愤懑。安生讲述的故事，不粉饰、不虚夸、不矫揉造作，体现出作家应有的良心与品格。

安生小说的叙述语言，直白简洁、富有张力，具有较强的感染力。对话采用传统的人物分句式，洗练晓畅，不累赘拖沓。阅读文本，令人轻松，也能产生愉悦感。

最值得称道的是，安生小说集中的每一篇作品都阐述了不同的意思。换句话说，安生赋予了每篇作品较深刻的意义。小小说虽然简短，故事情节也不繁复，但安生选材非常严格，所叙的人物、事件，通过他的书写，反映出了事物的本质。安生的小说因此而具有文学的价值。

安生的作品，好看、耐读。因其篇目众多，内容广博，无法详细解读和引述，抱歉！

简言为序。

罗荣

2024年6月于阳都

（序作者系中国作家协会会员、宁都县作家协会名誉主席）

目　录

第一章　短篇方阵

所谓作家 …………………………………… 003
尘　缘 ……………………………………… 026
断　魂 ……………………………………… 038
方老师 ……………………………………… 045

第二章　机关逸事

电　脑 ……………………………………… 057
文　运 ……………………………………… 062
微　信 ……………………………………… 067
转　岗 ……………………………………… 071
集中发放 …………………………………… 077
关于走访企业的文件 ……………………… 080
点　赞 ……………………………………… 084
抉　择 ……………………………………… 087
代　过 ……………………………………… 090
打　伞 ……………………………………… 092

第三章　啼笑皆非

认　可 ………………………………………… 097
我是您学生 …………………………………… 101
整　改 ………………………………………… 105
作　风 ………………………………………… 107
宴　客 ………………………………………… 109
两张办公桌 …………………………………… 112
会议通知 ……………………………………… 115
功德碑 ………………………………………… 117
捐　款 ………………………………………… 119

第四章　人间万象

风　骨 ………………………………………… 123
智　者 ………………………………………… 127
冷　遇 ………………………………………… 131
冷　冬 ………………………………………… 135
两瓶霉豆腐 …………………………………… 138
托　付 ………………………………………… 142
情　义 ………………………………………… 145
大　气 ………………………………………… 147
礼　金 ………………………………………… 149
支　教 ………………………………………… 155
呵　护 ………………………………………… 158
鞭　策 ………………………………………… 161
校　庆 ………………………………………… 165

第五章　小人物记

老　江 …………………………………… 171
老　唐 …………………………………… 174
老　涂 …………………………………… 178
老　孔 …………………………………… 180
老　谢 …………………………………… 184
老　范 …………………………………… 188
老　马 …………………………………… 193
老　孟 …………………………………… 195
老　丁 …………………………………… 197
老　彭 …………………………………… 200
汪大爷 …………………………………… 203
老谭这人 ………………………………… 206

第六章　成语故事

顾此失彼 ………………………………… 211
今非昔比 ………………………………… 212
不进则退 ………………………………… 213
以牙还牙 ………………………………… 215

第七章　脱贫路上

还　俗 …………………………………… 219
结　亲 …………………………………… 224
反　哺 …………………………………… 229

心　愿 ……………………………………	232
巧　遇 ……………………………………	236
跟　踪 ……………………………………	239
慰　问 ……………………………………	242
情 ………………………………………	245

第一章

短篇方阵

所谓作家

"这日子没法过了！"翠英与晓文大吵过后，对晓文算是绝望了，她领着才6岁的儿子晖晖，带走家中一半的存款，义无反顾前往广东，投奔祥发大哥去了。

翠英与晓文同住小镇黄溪的那条老街上，又是从小学到高中的同学，可谓青梅竹马、两小无猜，街坊邻居都看好这对夫妻。晓文的父亲是一名小学语文教师，晓文自小就爱看书，上学后语文成绩在班上始终名列前茅，只可惜他的数学成绩上不去，参加几次高考都落榜了。

父母眼看着晓文升学无望，商议让晓文顶了他母亲的职，在供销社饭店接替其母亲的岗位，学着做厨师。晓文当初很不情愿，但当时听说是最后一次顶职了。父母做了他不少工作，他才勉强同意。

从学校出来，参加工作，晓文仍爱看书，领了工资后，他来到邮电所，给自己订了好几种喜欢看的文学杂志，小镇有个新华书店门市部，他常来光顾。

20世纪80年代，文学迎来黄金时代，正值改革开放初期，各种思想束缚被打开，人们解除了各种禁锢，感觉到前所未有的舒畅。由此，名家璀璨，名篇迭出，百花齐放，百家争鸣。国内文坛上林林总总出现了伤痕文学、反思文学、改革文学、寻根文学、先锋文学、女性文学等各种流派，各种期刊如雨后春笋应运而生，快速步入鼎盛时期。

这些文学现象，晓文当然敏锐地感觉到了。县文化馆创作员黄志宏在大型文学丛刊发表中篇小说后，县政府在县城十字街头挂一横幅，祝贺其中篇小说发表。县委宣传部、县文联还为黄志宏举行表彰大会，县委书记、宣传部部长到会祝贺并讲话。

在黄溪，一村小民办教师廖常明在省报副刊发表一篇散文，在小镇引起轰动，刊登散文的报纸被张贴在镇政府大门旁的宣传橱窗里。随后，廖常明被镇党委书记点名，调入镇政府做通讯报道员。这让爱好文学的晓文内心难以平静。

每天下班回到家，晓文总是待在自己房里，如饥似渴地阅读各类文学作品，跃跃欲试尝试着写稿、投稿。晓文自认为写的作品不会比发表在报纸杂志上的逊色。可是，他偷偷投出去的一篇篇作品总是石沉大海、杳无音信。偶尔能收到铅印好的格式退稿信，晓文也会反复读上几遍。

在那时，农村女孩子能读完高中已很罕见了，称得上女秀才。高中毕业的翠英也爱看书，她发现晓文订了好些文学期刊，买了不少书，禁不住找上门来，向晓文借阅。晓文没有理由拒绝。翠英有素质，爱惜书籍，且看完后都能及时归还。有借有还、再借不难，一来二去，晓文也就乐意将自己的书借给翠英。况且，晓文觉得一本书或杂志只供自己看也怪可惜的，不能充分发挥其使用价值。偶尔翠英偿还书刊时，会与晓文交流书中所看的内容，发表个人看法。晓文觉得翠英是自己难得的知音，乐意与翠英敞开心扉进行交流互动。细心的翠英还觉察出了晓文在业余时间进行文学创作。

一次在还书时，二人交流互动之后，翠英试探着说："晓文，以你现在的文学水平，完全可以尝试着创作并投稿。"

翠英这一问，晓文估摸着自己创作的秘密在翠英面前已暴露了，他也不再藏着掖着，直言不讳地向翠英坦诚："我是在学着写些东西。"

"投稿了吗？"

"投了。"

"怎么样？"

"暂无收获！"

"不要灰心，坚持下去，你一定会成功的，我相信你。"

"我会努力的。"

"你看有多少名作家，当初都屡遭退稿，仍持之以恒，永不放弃，最终成为名作家。"

"谢谢你的鼓励，我会坚持下去。"

翠英成了晓文作品的第一读者。晓文创作出来的作品，都会在第一时间交给翠英看。翠英仔细阅读之后，会说出自己的真实看法，供晓文参考；文中出现的错别字，翠英会一一改过来。

晓文告别了个人的单打独斗，有了翠英的帮忙，写作水平有了明显的进步，而且有效检查出了稿件中的错别字。

不到半年，晓文的处女作发表在省青年报上。当然，从晓文的初次投稿算起，已快两年了。处女作的发表，让晓文信心倍增。翠英一如既往地尽自己所能为晓文看稿、修改，还主动承担了大量稿件的誊写，给晓文以极大的帮助。

晓文与翠英长时间的接触交流，爱情之火随之而来，次年国庆，晓文与翠英步入婚姻的殿堂。

多年的接触、共同的爱好，这对年轻人婚后过得很幸福，虽然他们物质上并不富裕，可精神生活却很丰富。

翠英承担了家中所有的家务，全力以赴支持晓文的文学创作。自处女作发表后，晓文陆续又发了几篇"豆腐块"，信心倍增。翠英看好晓文，对其充满憧憬。

可是，晓文发表文章后，却未能像黄志宏、廖常明那样引起他人的关注，没给他带来任何实际的东西。晓文心想：毕竟自己的是"豆腐块"，又没有发表在大报刊上。晓文不气馁，仍埋头苦干。

一日，晓文下班后，与镇里的通讯报道员廖常明相遇。廖常明夸晓文文笔好，看到了晓文发表的文章，邀请晓文去镇里玩。

二人是同房本家，晓文很高兴，跟随廖常明来到他的宿舍。两人一见如故，好像有说不完的话。这次交谈，让晓文受益匪浅、大开眼界。从交谈中，晓文得知廖常明除了在从事通讯报道这一主业外，还抽时间写了大量的文学作品，每年都能在报刊上发表十来篇散文、诗歌。

廖常明把自己在报刊上发表的文章全部剪了下来，贴在一个会议记录簿上，并在扉页上书写"剪集本"三字。晓文看过廖常明的"剪集本"，内心发出一阵阵赞叹。

回到家，晓文把去廖常明那里的所见所闻跟翠英说了，翠英也发出啧啧的赞叹声。次日，翠英从供销社门市部买回一个大的、硬壳封面的会议记录簿，征得晓文同意后，把晓文发表的那几篇文章从报刊上剪下来，贴在"剪集本"上，在文章下面，工工整整写上发表报刊的名称、发表的时间。

闲暇时间，晓文与翠英都爱翻看"剪集本"，二人都期待着能贴上一篇篇更多的文章。

渐渐地，小镇上的人都知道晓文在业余从事文学创作，开始有人称呼晓文"大作家"了，晓文听了感觉怪怪的。对业余作者来说，挑灯夜战是经常性的事情，熬夜后，晓文的眼睛总是呈现血丝，白天上班，被细心的同事发现，他们总会调侃晓文："大作家白天上班，晚上写作，真可谓工作写作两不误，不过可要注意龙体。"面对一个个同事的阴阳怪气、冷嘲热讽，晓文总是嗤之以鼻。供销社主任在职工大会上拐弯抹角批评有的职工不务正业，虽未点名，明眼人都知道是在说谁。内心强大的晓文也是一笑了之，心想：燕雀安知鸿鹄之志哉！总有一天要让你们这些人刮目相看。

廖常明只会写写散文和诗歌，晓文觉得小说才是文学作品的重头戏，是文学的高峰，他想攀登文学的高峰，致力于小说的创作。晓文铆足劲，写出了大量的小说，其中不少已属于中篇小说、短篇小说。晓文写出的每一篇小说，翠英都看了。当小说中的主人公感动得翠英流泪了，翠英便对晓文说："这篇小说一定能发表，如未发表那是编辑眼瞎心盲了。"翠英最爱看晓文写的小说，感慨晓文脑海中怎么有那么多的故事，她也始终认为晓文的小说不会比那些杂志上的差。

为了创作小说，晓文付出了大量心血，却收效甚微，用翠英的话来说挣的稿费还不够用来买稿纸和邮票。几年来，他创作的百余篇小说，只发表了屈指可数的两篇千字小说。晓文有些灰心，想去县城拜访县文化馆的黄志宏，请他指点迷津。晓文找到廖常明，说了自己创作的困惑。

同在一个小镇，又有共同的爱好，廖常明与晓文接触过几次，二人早已成为知心朋友。听过晓文的叙说，廖常明敞开心扉，对晓文说："你我都爱好文学，业余从事文学创作，但应该有个正确的定位，文学只能作为我们的业余爱好，陶冶情操、自娱自乐，就像我们身边那些喜欢打篮球的人，他们不是想当运动员，那些喜欢唱歌的人，他们不是想当歌唱家。你我也没必要太较真太投入,文学对我们来说也只能玩玩。我们是不能和县文化馆的黄志宏他们相比的,他们的职业就是从事文学艺术创作,他们有一份工作,有固定工资,发表文章挣的稿费那是额外收入。"

听廖常明这一说,晓文有些泄气了,但心有不甘,解释说:"我从事创作以来,一直激情不减,且灵感不断,总感觉有写不完的东西,想一吐为快,自我感觉非常好。"

廖常明笑了笑,说:"你的创作热情应予肯定!"

晓文便问:"那你说我应不应该坚持下去?"

廖常明答:"适可而止。"

晓文还是丈二和尚摸不着头脑,问:"此话怎讲?"

廖常明原本不想打消晓文的创作热情,经晓文一再追问,他只好坦诚相告:"这么说吧,我个人认为一个人要想在创作上出人头地,需要具备天时、地利、人和诸多条件;反观我们文学创作者,则需要有写作创作的天赋、持之以恒的努力以及名家的点拨和提携。你我都在这小镇上,退一步来说,你第一第二个条件都具备,但你缺乏名家的帮助,是很难成功的。"

廖常明说得很直白,晓文还是向他发问:"难道真正好的作品,编辑们也不认?"

廖常明感到晓文的确幼稚、单纯,仍不厌其烦地说:"现在都20世纪90年代了,文学不再是象牙塔,已相当普及。你说在我们这么大的国家,专业的、业余的从事文学创作的人有多少?一份报纸杂志发表文学作品的篇幅是非常有限的,然而他们既要考虑安排名家来稿、领导来稿,又要考虑自己的编辑记者写的稿件,留给自由投稿者的空间很小。不瞒你说,在编辑部没熟人,像我们这些无名小辈的稿件是很难采用的,现在我都失去了信心,不怎么写文学作品了。所以说我们只能定位为文学爱好者,要成为名作家那可是奢望。"

晓文似有所悟。

廖常明又说:"你也没跟官场的接触,不知官场的游戏规则……"

廖常明善谈,旁征博引,滔滔不绝。晓文算是彻底明白了,无奈地摇了摇头。

听君一席话,胜读十年书。与廖常明的这次长谈,晓文算是疑惑顿解、受益无穷,此时的他才真正体会到"理想很丰满,现实很骨感"这句话的真正含义。

结婚后,晓文为了全力以赴实现他的文学梦,曾与翠英商议着过些年再要小孩,为此夫妻没少遭双方父母的指责和抱怨。现在晓文打算马上把生儿育女这一人生大事纳入日程,越快越好。

晓文把与廖常明交流的情况,一五一十向翠英做了详细的说明,得到了翠英的认同。

翠英也顿觉轻松多了。很快,翠英怀孕了,经历了十月怀胎,生下一个男孩。晓文给其取名春晖,小名就叫晖晖。儿子的降生让夫妻俩喜上眉梢,成为他们结婚以来最高兴的事情。翠英把精力转而投入晖晖身上,晓文帮助翠英分担点家务活儿。只能零打碎敲,挤出时间断断续续写一点,偶尔也会有点意外的惊喜,让他蠢蠢欲动、永不言弃。

日子一天天在平淡中过去,晖晖3岁那年,供销社迎来改制,打破了晓文与翠英这些年来的平静生活。下岗后的晓文,在家人共同提议下在小镇中心处租了两间店面房,自主创业,开了一家餐馆,取名"晓文餐馆"。

餐馆地段好、晓文人缘好,餐馆生意火爆,晓文的厨艺得到淋漓尽致的施展。翠英早早把晖晖送到幼儿园来打理店里的生意，晓文已退休的父母也都在店里忙，全家老少齐上阵。看到每天那不菲的营业收入，一大家人心里像喝了蜜似的。尝到甜头的晓文甚至埋怨说那年年亏损的供销社早就该解散，让大家各尽所能、各显神通出来单干。晓文所说，得到全家人的认同，认为晓文毕竟是文化人，看问题透彻，说到了点子上。

餐馆每天晚上差不多都要到9点才能打烊。忙了一天的晓文从店里回来，全身像散了架似的，感到很累，问过翠英当天的营业收入后，便开始洗漱，带着笑容，早早休息。开店后，他早已把读书、写作抛到脑后去了。

晓文与翠英没想到他们这么快就成了"万元户"，而且银行存款在不断快速地增长。多年后，晓文与翠英回忆刚开店时的那些日子，感慨万千，一致认为：痛并快乐着，虽忙虽累，却充实且快乐。

晓文开店后，作为好友的廖常明经常来店里吃饭，照顾生意。廖常明干了多年的通讯报道员，领导看到他实在没激情，写不动了，也动了恻隐之心，恰好镇文化站的郭站长被提拔为副乡长，就让廖常明接了郭站长的位置。说是文化站，其实就廖常明一人。

黄溪作为千年古镇，自然风光秀美、人文遗存众多、民俗活动丰富。那天，春光明媚，桃红柳绿，县作家协会的刘主席领着县里十多位作家来黄溪采风，镇里安排廖常明站长接待陪同。

中午，廖常明把刘主席一行领到晓文餐馆来就餐。

刘主席是县文坛的头号人物，刚从鲁迅文学院学习回来，他早已加入省作家协会，听说，正在申报加入中国作家协会。借此机会，廖常明隆重地把晓文推荐给了刘主席，称："不要看他是这店里的老板、主厨，他的文笔却相当了得，已发表了好些散文、诗歌、小小说，还创作了不少中短篇小说。"

  刘主席与晓文亲切握手，轻拍晓文的肩头，频频点头，说："早就听说过了，今日相见，实属晚矣。"

  趁晓文炒完菜，歇息之时，刘主席叫晓文回去拿样报样刊和写的文稿。晓文快去快回，拿来了他珍藏的那个"剪集本"，上面贴有他这些年来发表的五十多篇"豆腐块"，还有他自认为写得不错，用稿纸端端正正复写好的小说、散文稿，这些文稿基本上都是翠英誊写的。

  刘主席看毕，再次对晓文予以肯定，问："你现在还坚持写作吗？"

  晓文如实相告："这两年开店了，太忙太累，我没有坚持下来。"

  刘主席听后摇头叹息，说："你是个好苗子，坚持下去，一定会大有出息。"

  见晓文不置可否，没有回话，刘主席又给他鼓劲："年轻人，听我的，一定没错。潜心写作、久久为功、定有大器！"

  刘主席随和、热心，乐于帮助、扶助文学青年。临走时，刘主席提醒晓文与他保持联系，鼓励晓文加入作家协会，加强交流、开阔视野，并带走了晓文那些誊抄好的文稿。

  初识刘主席，晓文很激动，有种相见恨晚之感，后悔自己创作这么多来，始终闭门造车，没有走出去，结识文学名家，与名家交流学习，取得名家指点帮助，提升自己的创作水平。

  刘主席没有一走了之，对文学青年来说，他是一位极负责任的老师。几天后，晓文收到刘主席寄来的书信，信中刘主席对晓文的文学创作给予了充分肯定，称晓文的文章写得十分老到，要是没认识晓文，还以为是年龄比他大的作者所写。对拿去的那十来篇文章,像学校老师批改作文一样,逐一进行了点评,肯定文中好的地方,指出不足之处,有的还提出了修改意见。有几篇刘主席看好的文章,刘主席还表示会帮晓文推荐出去。随信,刘主席还寄来了县作家协会入会申请表。看罢此信,晓文兴奋至极、信心百倍。

晓文当日将县作家协会入会申请表填写好,寄回给刘主席。每天从店里回来,他像喝了兴奋剂似的,不再感觉困倦,洗漱完毕,坐在办公桌前,按照刘主席所提的修改意见,对那些文章一一进行修改。灵感来了,还创作了几篇短文章。有时,晓文忙到凌晨一两点钟。翠英醒了,总是嗔怪说:"你怎么还不睡,明天店里还要忙呢!"

晓文信口回道:"你睡吧,我马上好了。"

连续几次熬夜,翠英担心晓文的身体,劝晓文:"你不要再去折腾文学这个劳什子,我们安安心心开店、踏踏实实过日子,比什么都强!"

晓文安慰翠英,说:"我没事,吃得消。"

话虽这么说,可白天在店里,晓文却是呵欠连天,有几次炒菜要么忘了放盐——菜淡了,要么放了两次盐——菜咸了,顾客要求返工。以往可从未出现如此现象,这让翠英非常生气。每天晚上,翠英开始敦促晓文早睡,为此,夫妻有了争吵。

接着,晓文加入县作家协会的申请获批了,他收到了县作家协会寄来的会员证。

随后,晓文的一篇散文被刘主席推荐在省作协主办的文学月刊发表了,一篇8000多字的短篇小说在市作协的内刊发表了。这篇短篇小说,晓文得到了860元稿费,虽时间已迈入21世纪,这800多元稿费还是很可观的,相当于那时一个普通公务员一个多月的工资。

文学之火又在晓文身上点燃，让晓文满腔热血、无法平静。

在刘主席的引荐下，这年冬，晓文又顺利加入市作家协会。刘主席看好晓文，觉得晓文是个文学界的好苗子，若能坚持下去，可谓前途无量。刘主席为晓文摇鼓助威、摇旗呐喊，他给晓文定了三年内加入省作家协会的近期目标，十年内加入中国作家协会的长远目标。

这年春节前夕，县文联在县宾馆举行全县文艺工作者新年茶话会，晓文应邀前往。县委杨书记、宣传部谢部长亲临会议。

全县文学、艺术精英欢聚一堂、其乐融融，晓文终于看到了县文化馆的黄志宏老师。

会议开始，刘主席代表县文联对文联一年来的工作进行了简要总结回顾，他多次提到晓文，表扬晓文。

接着，会议主持人、兼任县文联主席的县委宣传部郭副部长，请杨书记做指示。

杨书记称自己是来看望各位县里的文艺大家的，是来学习的，在大家面前不敢做指示。在发言中，他也提到了晓文，把晓文树为榜样，他说："刚才刘主席提到过一个在黄溪开餐馆的老板，业余时间坚持创作，已发表了不少文章，相继还加入了县市作协，这是非常难能可贵的。改革开放后，不少人一门心思只知道攒钱，试问现在的老板、商人有几个还会看书学习的，像廖晓文这样能坚持文学创作的那就更少了。国家早就提出要物质文明、精神文明一起抓，但这些人都没有做到，像这个廖晓文就充分践行了两个文明一起抓，我看你们宣传部门、县文联办要树个典型，号召大家向廖晓文学习。"

坐在一旁的谢部长满脸堆笑、频频点头，称："是、是、是，书记说得对，会后一定落实。"

接下来，大家交流互动，会后，合影留念。

杨书记与大家合完影，匆匆而别。

会后，还安排了一个工作餐。席间，大家推杯换盏，你来我往，热闹非凡。谢部长在郭副部长、刘主席等人的陪同下，到每张餐桌前来敬酒，来到晓文那桌。刘主席向谢部长特意介绍了晓文，谢部长竖起大拇指直夸晓文，称"后生可畏"。

这次县城一行，让晓文大开眼界，不但与县委书记、宣传部部长进行了近距离接触，还初识了仰慕已久的黄志宏老师和县里的那些主要作家，收获满满，让他激动兴奋了好些天，把他的激情彻底调动起来了。

从县城回来后，晓文每天晚上忙到更晚了，甚至是通宵达旦。翠英的话他也置之不理，二人争吵得更多了，吵得也更凶了。

春节期间，餐馆停业，晓文倍加珍惜这难得的闲暇时间，没日没夜，玩命地写。

翠英担心晓文这样玩命累垮了身体，几经劝说无效。翠英搬来了公公婆婆。晓文的爸妈苦口婆心叫晓文晚上早点休息、注意身体。晓文点头应允，晚上仍我行我素。

春节过后，见晓文迟迟没打算开张营业，翠英只好一次次去追问。

翠英追问几次后，晓文终于向翠英坦言，道出了他内心的想法，对翠英说："翠英，你是了解我的，当初，也是极力支持我文学创作的，现在我已有所建树，遇上好时机，正在蒸蒸日上之时，你怎么不支持我，再助我一臂之力呢？"

翠英说："在你困惑之时，你不是找过廖常明指点迷津吗？他怎么说的？你不是说他告诫你要适可而止吗？"

"此一时，彼一时。现在我遇上了生命中的贵人，得到了刘主席的指点和提携。"

"不管怎么说，你我没有工作，每月没有固定收入，趁年轻时多挣点钱。不为我们考虑，总得为晖晖考虑。"做了母亲的女人就是不一样，时刻为儿子着想。

翠英说得也有道理，晓文就说："要么过了元宵节再开张吧。"

以往都是除夕前一天歇业，初四开张营业，翠英反问："怎么要这么迟？"在翠英的印象中，正月在店里请客的多，生意都不错。

"钱是挣不完的，我们一大家子辛辛苦苦一年，总得多休息几天。"晓文解释说。

"也好。"翠英道。

二人言定就过完元宵节开张。

还有好几天时间，晓文想把已构思好的两个短篇小说写出来。

值得一提的是，晓文也是改革开放后少数先富起来的人，开店后仅几个月，为方便联系，翠英为他配了一部手机。然而，刚达成这一共识，晓文的手机响了，是刘主席打来的："晓文，按照宣传部谢部长的指示，明天县委报道组和县电视台的记者会来采访你、宣传你。"

晓文感到太突然了，说道："这么早！"

刘主席说："本来春节前就想过来。"

"那好吧。"晓文说。

"餐馆开张了吗？"

"还没有呢。"

"那赶紧开张营业。"

"为什么？"

"电视台的人来采访,肯定要拍你经营餐馆的场景,可以免费为你做广告呢。"

"那好吧。"

这天才正月初九,经刘主席这一说,晓文只好在次日匆匆开张,也不管日子好不好。

刘主席领着县委报道组和县电视台的记者如约而至,对晓文开展了精心采访。

接着,晓文的事迹在县电视台、市电视台,市报、省报纷纷推出,晓文这个餐馆老板、业余作家在镇上、县里算是闻名了。

餐馆似乎比以往更热闹了,不少是慕名而来的顾客,想来看看认识晓文这个老板、作家。

"大作家,还要你亲自掌厨!"

"你经营餐馆,哪来的时间写作?"

"到时成大家了,你还会经营餐馆吗?"

……

一些好奇的顾客来到店里,总要问晓文这样那样的一些话题。

热闹一阵子,餐馆又恢复到往日的情景,可晓文已不是往日的晓文,他的内心被骚动,全身心投入他的文学创作,再无心经营他的餐馆。

每天从餐馆回到家,不管再累他也不会放弃写作,经常写到半夜三更,甚至凌晨。来到餐馆,他总是无精打采、想入非非,脑海中在构思作品,想着作品中的人物。顾客开始反映他炒的菜变味了、不好吃了,他没把心思用来炒菜,炒出来的菜哪能好吃。

最让翠英接受不了的是,晓文熬夜后,赖着不起床。他便叫翠英和他母亲顶上,一次次还有了依赖。

翠英没有经过专业厨师的培训;母亲老了,炒的菜也不入流了。餐馆的顾客一天天少了，翠英心急如焚。

晓文对创作已是走火入魔，不管翠英如何苦口婆心地劝说，他都听不进去了。翠英有些迁怒刘主席，心想：都是作协惹的祸，丈夫廖晓文自加入了市县作协后，就认为自己是一根葱，把自己当作一个人物了！

那天翠英感冒了，浑身没劲，想在家休息，只好劝晓文早点去店里。晓文也熬夜了，正酣睡着。翠英叫醒晓文，晓文大发脾气。翠英奚落晓文一顿，又上前掀开被子，强行拖晓文起床。这把晓文彻底激怒了，他抬脚用力一蹬。翠英打了个趔趄，重重地摔在地上，顿时头破血流。

翠英心凉了，她真的不想与晓文过了，待身体好些，她领着儿子晖晖，决意去广东大哥祥发那里。大哥在广东打拼多年，已在广东立稳了脚、扎住了根，祥发既开物流公司，又办工厂，早已是腰缠万贯的大老板了。大哥曾数次叫翠英劝晓文来广东发展，晓文自尊心强，不想寄人篱下，况且原来餐馆的生意马马虎虎过得去。翠英心地善良、通情达理，家中有10多万元存款在她手中，她只拿了5万元。

翠英走后，晓文如脱缰的野马，更无心经营餐馆了，勉强经营数日，就把餐馆转让给了他人，一门心思去做他的作家梦了。

妻子出走、餐馆转让，晓文快速提升起来的"名望"顿时一落千丈。原来那些羡慕和夸奖没有了，随之而来的是挖苦和讽刺。好在晓文待在家里，不曾耳闻。

翠英来到广东后，增长了见识、开阔了视野，她并不满足于在大哥的公司或厂里做份轻松的工作。看到那么多安都老乡来广东打工、创业，她提出在这里开一家安都餐馆。广东菜以清淡为主，安都老乡吃不惯，安都菜以鲜辣著称，是安都老乡的最爱。

大哥祥发来广东这么多年，他还是不适应广东菜，听说妹妹要在这里开安都餐馆，他可是举双手欢迎，表示全力支持。祥发表扬翠英脑瓜灵、有想法、有创意，心想：自己来广东这么多年，怎么就没有想到开一家安都餐馆，让这里的安都老乡宾至如归，吃上喜欢的家乡菜呢？

说干就干，在祥发的全力帮助下，翠英在广州的安都餐馆在一阵鞭炮声中顺利开张了。为确保能做出地道的安都菜，厨师是翠英从老家安都县高薪请来的。开张那天，祥发很给力，把在广州创业有成的安都老乡几乎都请来了。有了妹妹的安都餐馆，祥发的接待或聚会定点在这里，安都老乡上餐馆也是首选这里。不少外来的打工仔，在安都餐馆用过餐后，也爱上安都菜，成了店里的回头客。

在家的晓文，闭门不出，埋头写作，可谓是高产，可是发表的作品却寥寥无几。还是偶尔发表一两篇"豆腐块"，他写了那么多中短篇小说，一篇也发表不了，就连他曾发表过短篇小说、市作协的那个内刊，也再未刊登他的小说了。

晓文私下问过刘主席，刘主席跟他说："现在从事创作的人实在太多了，刊物版面有限。"

刘主席还称他自己手头也压了不少小说，不知投往何处。

刘主席担心晓文灰心，鼓励晓文说："努力创作出好作品，好作品就不至于没地方用。"

刘主席的话没有为晓文解开心中的困惑，晓文开始质疑自己的创作水平，是否真的适合走作家这条路。

一段时间后，晓文父母发现晓文没日没夜地埋头创作，往各报刊编辑部大量发稿，也没见发表什么文章、收到多少稿费，知道晓文专门从事文学创作行不通，不能养家糊口，就劝说晓文重操旧业，再开餐馆。

有道是作文以养家，作文顾大家，作文为国家。前者三流，中者二流，后者顶流。晓文心想：自己写作连家都养不了！他不置可否，也不知下一步该怎么办？

翠英还是深爱晓文的，远在广东的翠英始终牵挂在家的晓文，担心晓文熬夜创作影响晓文的身体。

儿子晖晖常在翠英面前嚷着要爸爸，让翠英心里难受极了。翠英责怪晓文这个书呆子脾气怎么就这么犟，只要他稍微服个软，她就会原谅他的。翠英也后悔自己当时太冲动了。翠英天天盼着晓文给她来个电话，却迟迟没有盼来。

文学创作把晓文折腾得身心疲惫，也摧垮了他的身体。

在冬天一个寒冷的夜晚，晓文发热、呕血、全身不适，他硬挺着熬到第二天天亮，人已经快不行了。

幸亏家人发现得早，赶紧把他送到医院，被诊断为急性胃出血，需住院治疗。

父母没有征求晓文意见，打电话告知远在广东的儿媳妇。翠英接到电话后，心急如焚，领着儿子匆匆而返。

看到躺在病床上、脸色苍白的晓文，翠英顿时泪如泉涌，紧紧抓住晓文的双手。

经过翠英的精心照料，晓文一天天康复起来。

待晓文出院后，经翠英劝说，晓文决定随翠英去广东创业，经营好翠英开创的安都餐馆。

看到一家人又团聚一起，晓文的父母脸上绽放出了舒心的笑容。

繁华的广州让晓文大开眼界。晓文怎么也想不到，翠英在这里开店不到一年，比在老家那几年开店挣的钱还要多。夫妻俩打理这一餐馆是轻轻松松的。晓文想再开一家，他负责经营，得到了翠英的赞同。

经过一番筹备，来年春天，又一家安都餐馆在广州开张了，两家餐馆正好位于广州的一南一北，夫妻俩称其为南店、北店。

翠英负责南店，晓文负责新开的北店，夫妻互帮互学，暗地里又互相较劲，看看谁经营的店挣钱多。

不久，晓文就感到在广州这个人员密集、外来人口多的城市，餐馆根本不愁客源，特别是像他们这样的大排档式餐馆。细心的晓文还发现安都菜在这里还是挺受欢迎的。都说广州遍地是钞票，的确不错，只要勤劳，这里的钱真的好挣。晓文甚至后悔自己这些年来沉迷于文学创作，怎么没有听大舅哥的劝说，早点到广州来打拼创业。大舅哥只是个小学生，现在都已是大老板了，自己与妻子都是高中生，凭他们的智商，那肯定也是赚得盆满钵满了。

北店的开张，让夫妻俩再次尝到甜头。

一个周末，晓文与祥发两家人聚餐，趁着酒兴，晓文突发奇想，说："在祥发哥的帮助下，现在我们安都餐馆有了南店、北店，我们要再接再厉，把这两家餐馆经营好，等条件成熟了，我们还要开东店、西店。"

晓文这一说，翠英也来劲了，叫嚷着："不仅是东、南、西、北，我们要遍地开花，使全国各地的人在广州每一处都能吃上安都菜，把安都菜打造出去，成为大家欢迎的名牌菜。"

大家不由自主给翠英热烈鼓掌。

夫妻俩说话算话，接下来，他们真的信心百倍谋划筹建东店、西店，并憧憬着未来能开更多的连锁店。

晓文与翠英经过十多年的打拼，真的实现了他们的梦想，在广州拥有36家餐馆，还涉足宾馆行业，承包经营了8家宾馆和娱乐场所，注册成立了集饮食、住宿、娱乐为一体的集团公司。夫妻俩成为安都在广州创业的成功人士、屈指可数的响当当的人物。

　　创业是艰辛的，这些年晓文忙于事业，当然无暇顾及他的文学创作，不过他对文化人始终是情有独钟的。自晓文创业有成，成立集团公司后，企业文化建设搞得有声有色。为加强对企业的宣传，提高员工的素质，公司花重金编辑出版企业杂志、报纸，公司有两名文秘人员还是大学中文系毕业的高才生。晓文还经常邀请专家、学者、作家来给员工们培训讲座。

　　记者嗅觉灵敏，早有记者盯上了事业有成的晓文，找上门来，要对晓文进行采访报道。经记者们全方位的报道，晓文成为广州家喻户晓的人物。当然，晓文早年爱好文学之事也被和盘托出。

　　省市作协的领导和作家与晓文联系上了，晓文对作家更是倍感亲切，一见如故，交了朋友。都说文人相轻，其实不然，晓文觉得文人还是相亲的。晓文自从认识这些作家朋友后，省市区作协举行活动或各地作协来人，经常安排到晓文这里来，由此，晓文结识了全国各地不少的名作家。有文友请客、聚餐，安都餐馆成为他们的首选。对这些同仁的光临，晓文吩咐要以最优惠的价格。文学是需要有经济支撑的，市里、区里举行文学活动，倘若经费紧缺，晓文定会慷慨解囊，在文友心中印象颇好。

　　这些作家朋友中，有不少还是文学编辑，掌握了不少资源。晓文与他们混熟了，有热心的文友便主动问晓文："手头有没有需发的稿件？"

　　晓文总是笑笑，回道："谢谢！多年没写了。"

　　"那就找些原来写的稿件，未曾发表过的。"

　　禁不住文友的热心，晓文只好点头应允："好的、好的！"

晓文回老家后，把早些年写的那些书稿全部运到广州来。他对自己认为较满意的文章挤出时间再次进行修改，然后，安排公司文秘小高打印、校稿。

晓文交给文友的稿件大都发表出来了，有些还没有做任何修改，且不乏中短篇小说。文友们直夸晓文创作功底扎实，有文友还向晓文坦言，说："晓文，这些年你因为生意，荒废了写作，要是一直坚持下去，你早就成为大作家了！"

不知文友说的是实话，还是恭维他，晓文听后心中又起疑惑。

文秘小高大学的专业是中文，她称喜欢读晓文写的小说，每每帮晓文打印完一篇稿件，不由自主会向晓文说她的感受和看法。小高与晓文是黄溪老乡，住在同一条小街。晓文小说中描绘的生活场景和底层人物，小高如身临其境、感同身受。

看到晓文写了那么多小说，发表了那么多小说，有一次，小高看到收发室送来晓文发表文章的样刊，她给晓文送进去后，说："廖总，您发表了这么多小说，建议您结集出版一部小说集，让更多的人能看到您的小说。"

晓文笑笑："到时再考虑吧！"事实上，早有文友向晓文提议，他正在琢磨这事。

父亲年迈，患上肺气肿。每年冬季，待天气寒冷下来，晓文总是把他接到天气温暖的广州来休养、治疗。

在广州，父母不想外出看外面川流不息的人流、鳞次栉比的高楼。母亲在家里，以看电视剧消遣；父亲爱看书，不断向晓文索要其发表的小说来看。父亲就是去医院住院治疗，也不忘带上几本刊有晓文小说的杂志去看。

在杂志上看过晓文的一篇篇小说，父亲仍不过瘾，突发奇想对晓文说："你发表了不少小说了，怎么不像刘主席那样，整理出书呢？"

晓文只笑笑。去年，刘主席自费结集出版一部短篇小说集，找过晓文，晓文给予了支持。刘主席送给晓文一些书，晓文知道父亲爱看书，拿了一本给父亲。

晓文没搭话，父亲便调侃说："你出书就不缺钱吧！"

听父亲这么一说，晓文只好说："我考虑一下吧。"

"人过留名，雁过留声，不要犹豫了。"父亲说。

晓文还是笑笑，未得到晓文明确答复，父亲又说："我很希望在我的有生之年，能看到你自己出的书。"

父亲说出了此话，晓文已无退路。

晓文将结集出版小说集纳入其重要工作日程，他每天晚上挑灯夜战，开始选稿、整理稿件、修改稿件。在文友的帮助下，来年初冬，晓文的第一部小说集顺利出版。

手捧印刷漂亮、装帧精美，散发着油墨清香，上书"廖晓文著"的新书，晓文爱不释手、激动不已，仿佛当年儿子出生时捧在手中的那种感觉，颇有种成就感和幸福感。他在心里感慨道："真没想到，有了钱，出书这么容易！"

晓文回到黄溪老家，运回整整两大包书。

父亲喜笑颜开，拿着晓文的书，送邻居、送朋友、送同事。接着，父亲又不断把他人读后的意见或赞扬反馈给晓文。当然，多为溢美之词，细心的晓文感觉到了自己的这本书带给父亲带来的喜悦和自豪。

这年冬，父亲的肺气肿又发作了，比往年严重多了，可父亲却不愿到广州去治疗了，不管家人如何劝说。

父亲住进了镇卫生院，带上了晓文的小说集，放在枕边，只要身体稍舒服些，就拿出来翻看。

父亲在冬天一个风雪交加的夜晚去世了，临终前手中还攥着晓文的书。

晓文的小说集免费发放给公司的每一位员工，他的小说关注社会底层人物，深受好评。

此后，晓文将原来写的大量稿件进行修改整理，陆续结集出版了好几本作品集。每年清明回黄溪给父亲扫墓，晓文定会带上刚出的新书，在父亲墓前祭奠。

在省作协领导的关心和过问下，晓文加入了省作协。作协领导鼓励晓文继续努力，期待他能早日加入中国作家协会。

一次，中国作协陈副主席带队来广东采风，省作协领导安排下榻晓文的宾馆。在省作协领导引见下，晓文有幸认识这位陈副主席。陈副主席了解晓文的创作创业经过后，认为晓文了不起。

晓文把自己出的几本作品集如数给陈副主席看了，陈副主席赞叹不已，希望晓文坚持创作，力争成为一名中国作家协会会员。

晓文按照陈副主席提示，填表申报加入中国作家协会。晓文的申请再次获批，如愿以偿，实现了年轻时多年的梦想。

所有这一切，晓文感到来得太快了、太突然了，让他如置身梦中。自己这么多年来都没有进行文学创作，竟然也成了所谓中国作家协会会员。难道自己达到了中国作家协会会员的水准。

晓文回到黄溪，登门拜访已退休的廖常明。廖常明听说晓文已加入中国作家协会，祝贺之后，戏称："还是走出去好，到了广州，视野、格局就不一样，你发家致富赚了钱，就有社会地位了，人脉也随之而来。"

晓文点头说："的确如此。"

廖常明又说："你还记得你在黄溪时，发稿遇到困难，你来找过我，我不是告诉过你关系很重要吗？"

晓文说："还是你早看透，有眼光。"

儿子晖晖大学毕业了，所学专业是商业管理。晓文与翠英干累了，他们早就商量过，让儿子承接他们的产业。他们放手不管，去各地游玩，好好休息。夫妻俩已在着手培养晖晖了，再过一两年，待晓文与翠英年满60退休后，就让晖晖接管公司。

晓文想，退下以后，一定得给自己写本回忆录。还要重操秃笔，继续文学创作，以对得起中国作家协会会员荣誉。

尘　缘

　　那还是女儿菁菁刚上小学一年级的事情。

　　那天下午菁菁放学时,天空突然间阴云密布,接着下起瓢泼大雨。菊兰接到菁菁后,急忙往家赶。

　　这一急,便出事了。菊兰的自行车将路旁的一个行人撞倒,菊兰与女儿菁菁也摔倒在地。

　　菊兰赶紧爬起来,还没来得及顾上已哭起来的菁菁,便去扶那个被撞倒的行人,见是一位老人,忙问:"老人家,你受伤了吗?我送你去医院。"

　　老人被撞痛,嘴里不断发出"哎哟、哎哟"的声音,看那表情,显得很痛苦的样子。

　　老人还没吭声,围上来的人便七嘴八舌地说:

　　"赶快打120吧!"

　　"带老人去医院拍片子看看。"

　　"肯定骨折了。"

　　菁菁是个听话的女孩,独自爬了起来,抽泣几声后,静静地站在妈妈身旁,看见此情景,害怕了,眼里噙着泪水。

　　老人爬起,坐在地上,责怪道:"这下雨天,你骑车要小心点!"

　　"对不起、对不起!"菊兰赶忙赔不是。

　　在地上坐了一会儿,老人缓过神来,估计身上也不再那么痛了，挣扎着站了起来。

菊兰上前去扶老人。

老人推开菊兰的手，用双手拍了拍双腿，再摸了摸屁股，又走了几步，自言自语地说："没事吧！"

菊兰说："老人家，我还是带你去医院检查一下吧，没事大家都好。"

"你带小孩回去吧。"老人劝菊兰。

菊兰从身上拿出仅有的十多块钱，递给老人："你拿去买点药水擦一擦吧。"

"我家里有。"老人说。

围上来的人渐渐散了，菊兰感到自己遇上了好人，向老人自报了自己的姓名及在县城租住房屋的地址，又问过了老人的姓名和住址。

晚上，菊兰辗转反侧睡不着觉。

第二天一早，菁菁上学后，菊兰买了奶粉和水果上门看望老人家。

看到菊兰来看他，老人很高兴，直夸菊兰善良。

老人不愿收下菊兰送来的东西，二人推辞一番，收下了菊兰送来的奶粉，那水果老人执意要菊兰带回去给菁菁吃。

菊兰还从老人的邻居那打听到老人夫妻俩都是二小的退休教师，夫妻二人通情达理，教子有方。几个孩子很有出息，都考上了大学，在城里工作。菊兰心想："真是好人有好报！"

人与人相遇，从来不是无缘无故的，而是冥冥之中的注定、缘分的安排。

菊兰后来经常会想起那个下雨天撞上老人的情景，那个叫高钦文的老人和蔼的脸庞常浮现在她脑海里。县城说小又小，让她在茫茫人海中遇上了这位可亲可敬的老人；可说大又大，她生活在这县城，行走在这县城这么多年来，却再也没遇上这位老人。她想：或许老人年长了，随儿女到大城市生活了。

从农村走出来的菊兰高挑白皙、温柔勤快，来到县城后，也有不少人给她说媒，菊兰担心带着女儿菁菁再嫁，万一继父对菁菁不好，都委婉地拒绝了。直到认识小辉，她才有了想法。小辉因无生育能力，结婚的第三年，妻子起诉与他离婚。嫁给小辉，菊兰无后顾之忧，菊兰与小辉结婚了。婚后，他们过得很幸福，小辉待菁菁如同己出。可惜好景不长，婚后不久，小辉遭遇车祸，不幸离世。

菊兰伤心欲绝，反思自己，心想：难道自己真的克夫吗？倔强的菊兰从此再不愿谈婚论嫁，她与菁菁相依为命，把自己的一切幸福都寄托在菁菁身上。为了培养菁菁，菊兰像个男人一样，什么苦活累活都干。

菁菁高中毕业那年，菊兰的妈妈得了胃癌，在县医院治疗近一年。菊兰为照顾妈妈，一有空就往医院跑，倒水喂饭、洗脸擦身、端屎倒尿，无微不至。菊兰的妈妈没有看到菁菁考上大学，就走了。这一年，菊兰在医院照顾妈妈过程中掌握了不少护理知识，知道在医院有护工这一职业，工资还很高，按小时计费。菁菁考上大学后，花费更大了，菊兰便没再去工厂务工、餐馆打杂了，她加入了医院护工这一行。

正因护工这一职业，菊兰再一次与高钦文老人相遇。

那天，县医院老年科的郑主任打电话把菊兰叫去，告诉菊兰说："我一个同学的爸爸，因感冒发高烧，在这里住院，没人照顾，我同学叫我帮他找个护工。"

菊兰能吃苦、又勤快，给医院里的医生留下了很好的印象，不少医生给患者家属推荐护工都推荐她。

郑主任领着菊兰来到病房，弯下身，对躺在床上的老人轻轻地说："高老师，我按照伟雄的吩咐，帮你找来了一个护工。"

未等老人答话，郑主任转过身，介绍说："她叫菊兰，很负责任，你一定会满意。"

看到老人，菊兰的眼睛一亮，禁不住问："您是高钦文老师！"

老人满脸疑惑："你是……"

菊兰上前，担心老人听不清，附在老人耳旁，解释说："我是刘菊兰，您还记得十多年前的那个下雨天，我骑车带着我女儿把您撞了？"

"想起来了！"老人恍然大悟。

郑主任看到这一情景，便问："你们认识？"

老人点头，郑主任笑笑："这我就更加放心了。"交代几句后，匆匆离去。

在菊兰的细心照顾下，高钦文老人很快康复了。

几天时间的接触交流，菊兰得知老人的老伴已去世多年，老人不愿随儿女去城市生活，一个人孤苦伶仃地留在这里。菊兰想以后要抽时间经常来看看老人。

老人问过菊兰的女儿菁菁，听说菁菁大学都快毕业了，直夸菁菁听话、有出息。老人只见过菁菁一面，说："那天，我就看出来了小女孩很听话，摔伤了能忍住不哭出声来！"

菁菁是个听话的女孩。看到妈妈独自抚养她长大、供养她上学，内心充满了感激之情。菁菁品学兼优，在大学，像她这种成绩的学生都会报考研究生。菁菁却早就有了自己的打算，盼望着大学毕业以后能尽快找到一份好工作，自己能有一份收入，这样妈妈就可以不用那么辛苦，她想通过自己的努力让苦命的妈妈早点过上好日子。

大学毕业前夕，菁菁就开始找工作。菁菁读的是财经大学的财会专业，她把目光集中放在一些大型公司，想去应聘公司的财务人员。

菁菁在网上看到那家飞天电子科技有限公司的招聘公告，眼前一亮，公告上告知招聘各种专业人员26名，其中有1名企业会计，要求大学财会专业毕业，菁菁刚好符合招聘条件。菁菁对这家公司早有耳闻，虽只是一家民营企业，却是上市公司，在省城非常知名，公司的董事长还是全国人大代表。菁菁就认定了这家公司，她来到公司人事部报了名，开始全力以赴为应聘做准备。

菁菁顺利通过了笔试。那天面试，公司董事长高伟雄亲自参加，还问了菁菁几个问题，菁菁对答如流，回答得很好。台上负责面试的几个人，在高伟雄的带动下，都给菁菁鼓掌了。"这个女孩不错！"菁菁仿佛听到面试席上有人自言自语在说她，还频频向她点头。

面试过后，菁菁满脸荡漾着笑容，可谓信心满满，坐等好消息。菁菁回到家，还把这事一五一十告诉了妈妈。菊兰听后，情不自禁地笑了。

董事长高伟雄肯定是看上了菁菁，无奈，公司企业会计这一岗位被多人青睐，前来应试者众多，不少人通过各种途径找人给高伟雄打招呼，打招呼者还有省市领导，高伟雄一时举棋不定。

接到父亲尿血的噩耗，高伟雄放下公司的一切事务，快速赶了回来。

"爸爸，你有病怎么不早点告诉我们？"在县医院住院部的病床上，高伟雄看到脸色苍白的父亲，痛苦地说。

"你们几兄妹在外都忙，不容易。"高钦文老人解释说。

"你有病，我们再忙也会回来。"高伟雄说。

"年纪大了，总是这个样子。"高钦文答。

"早就说帮你请个保姆，你总说不要。"

"我手脚利索，生活能自理，就没必要请保姆。"

"要不这次病好了，你去我那里。"

"我才不去呢，人生地不熟，你去上班了，连个说话的人都没有。"

诊断结果出来，高钦文老人得的是膀胱肿瘤。作为家中老大，高伟雄赶紧把三个弟弟妹妹从各地召了回来，共同商讨治疗方案，决定是部分切除还是全切。

高伟雄找了多名专家看了父亲的各种检查报告、病理诊断报告，听取了他们的意见建议。经反复论证，父亲的膀胱肿瘤属高级别浸润性尿路上皮癌，采取膀胱全切是最佳方案。

高伟雄四兄妹本想把父亲送去省城的大医院进行手术，遭到高钦文老人的拒绝。

四兄妹说服父亲，手术在县医院进行，从省城请来专家主刀。

手术前，经医师建议，需要请一名专业护工帮忙照顾，高钦文老人想起了菊兰。

接到高钦文住院的消息，菊兰即刻赶过来，照顾这位慈祥的老人。

手术很顺利，也很成功。手术后的第二天，菁菁还买了东西来看望这位高爷爷，躺在病床上的高钦文看到菁菁，脸上始终挂着微笑。看到高爷爷高兴，菁菁还来过医院两次，陪高爷爷聊天，帮助妈妈一起照顾高爷爷。

经菊兰精心照顾，老人的脸色一天比一天好。

于是，高伟雄四兄妹便商议，父亲出院后该怎么办？

高钦文执意不去城里跟儿女一起生活，那就必须得请保姆。

摘除膀胱后的高钦文,每间隔四五天还得换尿道造口。

四兄妹对菊兰的护理是满意的,他们都想到了菊兰,想请菊兰给父亲当保姆。

就请保姆一事,四兄妹说服父亲,达成共识。

高伟雄便问:"就请菊兰如何?"

高钦文说:"不知人家愿不愿意?"

高伟雄说:"我们可以按照护工的标准,多给她点钱。"

高钦文说:"不是什么问题都可以用钱解决。"

高伟雄抱着试试看的心理,找到菊兰,向她说了此事。

菊兰回答说:"本来我是不做保姆的,高伯伯是好人,我愿意照顾他。"接着,菊兰向高伟雄说了那个雨天发生的事情。

得知高钦文要出院了,菁菁也来到医院,这次,她遇上了高伟雄。

高伟雄看到菁菁,似曾相识,菁菁却大吃一惊,怯怯地叫了声:"高董!"

待高伟雄明白过来,他心里马上做出决定:"就她了!"

菊兰护理病人是把好手,做饭烧菜也不赖,饮食起居有菊兰的照料,高钦文老人打心眼里高兴,也解决了儿女们的后顾之忧。

摘除膀胱是个大手术,特别是像高钦文这样年近80的老人。然而,出院后,在菊兰的精心照料下,老人恢复得很快,饭量逐日增大,脸上渐渐红润起来。

高钦文也不再感到寂寞了,在家菊兰会陪他聊天、一起看电视;天气好时,菊兰会领着老人外出散步、晒太阳。高钦文把菊兰当作自己女儿,总是夸菊兰,动情地说:"你真是比我的亲女儿还要好!"

来到高钦文家后,菊兰已把老人当成了自己亲人、长辈,她唤高钦文为高伯伯。当老人夸她时,她总是笑着说:"这是我们做晚辈的应该做的。"

在省城,高伟雄克服阻力,义无反顾将菁菁录用到公司。高伟雄叫秘书把菁菁找到他办公室,单独跟菁菁进行了一番交谈。

菁菁被秘书引进高伟雄办公室,高伟雄起身相迎:"祝贺你,被我们公司正式录用。"

"谢谢高董事长!"菁菁笑着回答道,单独被董事长召见,她感到受宠若惊。

见菁菁有点紧张,高伟雄从老板桌后走过来,走到菁菁面前,向菁菁伸手示意:"坐,不要拘束,我们都是老乡,我们两家人又这么投缘,真是缘分。"

"高爷爷人好!"菁菁说。

"你妈妈也是个诚实善良的人。"

"菁菁,你很优秀,这次竞争你这个岗位的人最多,你脱颖而出,被我们选上,真不容易!今后,你在公司大胆地干,有什么事情或困难尽管来找我。"

"谢谢高董事长!"

菁菁心想事成,从高董事长办公室出来,迫不及待地拨通了妈妈的电话,让妈妈分享她的喜悦。电话中,菁菁还告诉妈妈,录用她的公司是高爷爷的儿子开的,高爷爷的儿子是公司董事长,还找她到办公室谈话了。

菊兰听菁菁这一说,高兴得流下了泪水:"菁菁,是你爸爸在保佑我们,我们遇上了贵人!你在人家公司可要好好干,不要辜负人家的心意。"

"妈妈,你放心吧!"菁菁回答说。

菊兰当即把这事告诉高伯伯,高钦文回道:"我知道,昨天晚上老大打电话告诉了我。"显得很淡定。

菊兰嗔怪道:"那您怎么不告诉我?"

高钦文解释说:"如果我跟你说,你还以为老大开了后门,照顾了人家菁菁,菁菁是完全凭自己能力被录用的。"

"你们一家人都蛮好!"菊兰感慨道。她对高钦文及其家人是发自内心的敬重。

人到老年,愈加怀旧。

菊兰发现高伯伯越来越喜欢翻看相册,尤其爱看那些过去的老照片。

那天,菊兰做完事,见高伯伯又在看相册,便凑过去看,只见高伯伯盯着一张黑白合影端详良久。

"这张照片我好像在哪里看过!"菊兰说。

高钦文说:"这是我师范毕业时的毕业照。"

"我看看。"菊兰说。高钦文将相册递给菊兰,菊兰又问:"高伯伯,你是哪一年师范毕业?"

"我是1960年师范毕业。"高钦文说。

"我爸爸好像也是1960年师范毕业!"菊兰说。

"你爸爸叫什么名字?"高钦文问。

"我爸爸叫刘仕荣。"菊兰说。

听菊兰说她爸爸是刘仕荣,高钦文激动地往茶几上一拍,站了起来:"刘仕荣就是我们班的!"

高钦文在相册中找到刘仕荣,指给菊兰看,说:"这就是你爸爸刘仕荣。"

菊兰又仔细看,点头说:"这是我爸爸年轻的时候。"

这一意外发现,让高钦文高兴得手舞足蹈。

"你爸爸现在在哪里?"高钦文迫不及待地问菊兰。

菊兰说:"他一直住在乡下,自我妈妈去世后,他偶尔会来县城，在我家住几天。"

交谈中，高钦文得知这位老同学师范毕业后，被分配在村完小教书，便在村完小教了一辈子书，种了好些年田。

高钦文听后，感叹道："不容易！"

"是的，他吃了很多苦。"菊兰说。

"菊兰，叫他到县城来。"高钦文说。

"好的，我这就给他打电话，告诉他你找他。"菊兰说。

就这样，高钦文与老同学刘仕荣久别重逢，走到一起。

刘仕荣来到县城便会来高钦文家做客，在菊兰与父亲的劝说下，菊兰陪高钦文到乡下父亲家住过好几次。

菁菁很庆幸自己能成为飞天电子科技有限公司的一员。在这里工作环境好、待遇高，她非常珍惜这份工作，工作也很认真。

董事长高伟雄对菁菁关爱有加，经常带菁菁外出应酬、出差、出席各种活动，聪明的菁菁都能感受得到，高董事长是在从各方面锻炼培养她。遇上节日，高董事长还会把菁菁叫到家里去吃饭，把菁菁当作亲人，让菁菁感到家的温暖。高董事长夫妻二人都挺喜欢菁菁，菁菁嘴甜、又勤快，与高董事长夫妻二人相处得非常融洽。在家里，高伟雄让菁菁不要拘束，不要把他看成单位领导，得改称呼，菁菁便把他唤作"伯伯"。

当高伟雄的儿子高俊从美国留学回来后，便打破了菁菁平静而又幸福的生活，让菁菁困惑、无所适从，不知如何是好。

高俊是名副其实的高富帅、一位海归博士、高伟雄培养的接班人，追求他的女孩子可谓成群结队。菁菁怎么也没想到，高俊竟然会看上自己。

对高俊的示爱，菁菁自然是看在眼里喜在心里。然而，善良明智的菁菁却很淡定，觉得自己配不上高俊。菁菁甚至担心高俊父母知道此事后，会对她有看法，以为她有心计，而影响她与高俊父母的关系。

自从菁菁感觉出高俊对她有那种意思后，她就有意识地躲着高俊。高俊一次次相约，她都找理由婉言相拒，她始终认为自己与高俊的条件相差太大，两人是不可能走到一起的。

高俊对菁菁是认真的，认识菁菁后，不管谁给他介绍对象，也不管哪个女孩向他示好，他都毫不心动。

高俊向菁菁频频发出攻势，对她软磨硬泡。她被他的真诚感动、被他的魅力吸引，渐渐招架不住了，她也不愿伤害他，看他被自己拒绝后痛苦的样子，她偶尔也会答应他的相约。

这事很快传到高伟雄夫妇那里去了。对高俊与菁菁恋爱，高伟雄虽吃惊，却不反对。高伟雄夫人乔美芝——这位省城干部家庭出身的董事长夫人，是坚决反对的。乔美芝纳闷，怎么那么多领导的女儿或老板的女儿介绍给儿子高俊，他竟然一点都不心动、没看上一个！她始终认为儿子娶菁菁，那就亏大了，门不当户不对，对儿子成长和公司发展不能带来一点帮助。

乔美芝找菁菁谈了，要菁菁离开高俊。菁菁答应了，开始疏远高俊。

在公司上班，菁菁只好强颜欢笑；下班回家，却以泪洗面。她想跳槽离开公司，躲开高俊，或许会好些。

父母反对自己与菁菁恋爱，在高俊无计可施时，他想到了远在县城的爷爷。

"爷爷，我想跟您说件事，希望能得到您的支持！"拨通了爷爷的电话，高俊直奔主题、开门见山地说。

"什么事？你说吧！"高钦文关切地说。

"我与菊兰阿姨的女儿菁菁恋爱了。"高俊说。

未待高俊把话说完，高钦文便脱口而出："这好哇。"

"可是我爸妈不同意。"高俊说，显得很无奈。

"他们凭什么反对呢？"高钦文问。

"可能是觉得我们家条件好，菁菁家条件不行，门不当户不对吧。"高俊向爷爷解释说。

"胡说，像菁菁这样出身贫寒的女孩子是最靠得住的。到时由她协助你打理公司、管着你，我是再放心不过了！"高钦文说。

"我与菁菁是真心相爱的，看得出，她也是真心喜欢我。"高俊说。

"你放心，这事包在我身上！"高钦文发话了。

高钦文在家还是一言九鼎，高俊获得了爷爷的支持，高伟雄夫妇不得不应承这门亲事，况且，高伟雄看好菁菁，起初也没提出明确反对。

元旦到了，高俊与菁菁的婚礼在省城的宾馆举行。

高钦文、刘仕荣、菊兰都如期而至、高兴而来。在婚庆时，他们都站在台上，高钦文拉着刘仕荣的手，激动地道出了两家三代人的缘分。

断　魂

真想不到，在小镇上人人尊敬的方文老师就这样静悄悄地走了。

秋去冬来，山上的脐橙熟了，黄灿灿的似一盏盏灯笼，像嗷嗷待哺的孩子，急欲扑入人的怀抱。

这些天，左撇忙于采摘果园的脐橙，已好几天没看见方文老师了。

晚上，从果园回来，左撇便问妻子秋莲："这几天方文老师来我们店里了吗？"

秋莲一惊："哎，是有几天没看见他了！"

左撇忙拿出手机，拨打了方文老师的电话。一连拨打了两次，传来的都是"对方已关机，请用其他方式联系"。

左撇眉头一皱，心想：也没听说方文老师这两天要去哪里？一阵凉风吹来，左撇打了个寒战，顺手披上外套，脑海里竟然产生一种不祥的预感。

秋莲把饭菜端上桌，左撇却顾不上吃饭，直往方文老师家里赶。左撇与方文老师住在小镇的同一条街上，相隔十来间店铺，不到 100 米的距离。

他快步来到方文老师家，见大门紧闭，猛敲门，里面都无半点回应，问过左邻右舍，也毫不知情。

左撇便从邻居那里找来梯子，爬上方文老师家的二楼阳台，打开一扇未关紧的铝合金窗户，钻进方文老师家。

　　他步入方文老师卧室，见方文老师躺在床上，走近床前一摸，方文老师已双手冰冷，停止了呼吸。左撇拿起放在床头柜上的手机，手机因没电，已自动关机。

　　方文老师就这样悄无声息地驾鹤西去了，尚未满 70 岁。

　　左撇第一时间将此噩耗传送至远在大洋彼岸的美国。

　　方文老师祖上一直秉承耕读传家，是小镇上大家公认的书香门第。其祖上有数人中过进士，曾祖父、祖父都是清末秀才，在小镇创办私塾，教书育人，造福桑梓。

　　方文老师的父亲子承父业，受先辈影响，考入位于县城南门的师范学校，毕业后，一直在小镇致力于教育事业。方文老师有个哥哥叫方仁，兄弟俩自小都聪明伶俐，品学兼优。可惜他们都生不逢时，他们未能参加高考，进入高等院校。方仁毕业后在父亲执教的小山村。方文更幸运，高中出来，小镇中心小学缺老师，他成为一名代课老师。

　　后来，方仁考上了省城的师范学院，方文上了县城的师范学校。方仁师范毕业后被分配在县城教中学，方文师范毕业后回到小镇中心小学教书，一直到退休。

　　左撇在读小学五年级时，方文老师担任他们班的班主任兼语文老师。左撇在小学时，成绩拔尖，方文老师非常看好他。此后，方文老师也一直很关注他。只可惜，左撇读中学后，成绩不稳定，参加三次高考都名落孙山了。左撇的爷爷和父亲认为不像方文老师家那样。爷爷、父亲都是理发匠，从学校回来的左撇却没子承父业。左撇通过熟人在信用社贷了款，租用了 20 多亩荒山，率先种起了脐橙，还在田里种了白莲、养了鱼。凭着他那聪明的头脑、勤劳的双手，收入还算得上殷实。

秋莲嫁给左撇是蛮有福气的。左撇娶了秋莲后，怜香惜玉，没让秋莲跟他成天去山上劳作。他别出心裁，利用房屋临街的一楼开了个南杂店，让秋莲当上了女老板。婚后，秋莲接连给左撇生了两个男孩。

方文老师与左撇乃同房本家，都姓廖，小镇街上，只要不是外来的，几乎都姓廖。左撇的大名叫廖方平，与方文老师同辈分。他因吃饭、写字都用左手，从小到大，大家都叫他左撇这个外号，很少有人唤他廖方平的名字。

方文老师教子有方，儿子旭辉那一年高考，获得全市理科状元。县委书记亲自登门来到方文老师家，代表县委、县政府给旭辉送上一万元奖学金。方文老师甭提有多高兴了，脸上总是荡漾着笑容。旭辉成为小镇第一个考上清华大学的。旭辉大学毕业，又获公费留学资格，前往美国留学，获得博士学位，留在美国的一所私立大学教书，听说现在已是教授了。旭辉成为小镇学生学习的楷模。小镇文脉绵长，崇文重教，蔚然成风，每年都有一大批学子步入全国各地的大学，不乏那些重点大学。

高考落榜对左撇来说是终身的遗憾，不过左撇的两个儿子给他挽回了点面子，特别是他的小儿子。左撇的大儿子家超考的是一所医学专科学校，毕业后回到小镇，成为卫生院的一名医师，留在小镇，与左撇朝夕相处。左撇的小儿子家越，那年是全县的文科状元，被复旦大学录取，大学毕业后也被公派去了美国留学，不过，他没有像旭辉那样留在美国，而是获取博士学位后即回到国内，在一所大学执教。

对远在美国的儿子旭辉，方文老师总是摇头表示不满的。当初,旭辉考上清华大学,他感觉脸上有光,旭辉被公派去美国留学,也让他欣喜若狂。然而,旭辉获得博士学位,提出要在美国工作,方文老师可不答应,还极力反对。俗话说得好"儿大不由爷,女大不由娘"。在美国待了那么长时间的旭辉,已适应美国的生活,自认为在美国发展更有前景。他不再听父亲的话了,不管方文老师如何反对、如何劝说,旭辉毅然留在美国。

由此,方文老师感到自己教子无方,认为旭辉有才无德,心想:国家花那么多钱把你送到美国去深造,本想你学有所成,报效祖国,没想到你竟然不回国了,这难道不是白眼狼吗?

开始,方文老师对旭辉还心存幻想,认为先让他在国外工作几年,慢慢地劝说他,说通他,让他心甘情愿地回来。随着时间一长,旭辉在国外娶妻生子,方文老师这一念想渐渐地化为泡影,消失在他脑海里。

方文老师和妻子福英很不情愿地去了一次美国,那时旭辉的儿子凯尔也有三岁了,他们去的目的就是看看素未谋面的小孙子。儿媳妇艾米虽是加拿大华人,却满口英文,基本不说中文。在这种语言环境下,凯尔一句中文也不说。夫妻俩见到孙子,如同陌生人一样。方文老师无奈地摇了摇头,悄悄对妻子福英说:"旭辉不可能回国了,凯尔更不可能回国!"故乡璜溪对他们来说,已渐行渐远。

不知是水土不服还是内心沮丧,在美国待了一个月的方文老师回来后大病了一场。

方文老师开始羡慕左撇,认为左撇教子有方,夸左撇的儿子家越在美国留学整整五年后,能放弃美国优厚的物质待遇,回到国内工作。

每每有人在方文老师面前提起儿子旭辉,方文老师总是摇头,叹息着说同一句话,"小孩能干在外,是耍嘴皮子的,还是在身边更实惠"。

这年夏天,同房一个叫春晓的孙侄大学毕业,被公费选派出国留学。春晓的父母高兴,在春晓出国前宴请亲朋。方文老师和左撇去了,席间,春晓父母带春晓过来一起敬酒。席上,春晓父母对春晓说:"方文伯伯的儿子旭辉,现在美国大学里都当教授了,你要向他学习。"

方文老师听罢此话,当即发话说:"我那没良心的儿子,不值一提。春晓,你要向你左撇伯伯的儿子家越学习,在国外学有所成后,回来报效祖国,孝敬父母。记住,父母、国家培养你不容易。"

此后,在小镇,每每被宴请参加升学宴,方文老师定会向那些年轻的学子说上几句话,灌输一些爱国主义思想,不管这些年轻人爱不爱听。

方文老师在退休后,与左撇就走得更近了。

左撇人缘好,家中南杂店生意好,左撇索性把家中一楼的房子全部打通,开了一个小超市,还添了两张桌子,供街坊邻居打麻将、打扑克,人气旺旺的。

退休后的方文老师养成了散步的习惯,每天散步路过左撇家,总会习惯性地踏了进来,或站或坐,聊些闲话。此外,自方文老师退休后,小镇廖姓人家遇有红白喜事,经常邀请方文老师去理事,邀请左撇去帮忙。方文老师管内,负责礼节规矩、抄抄写写;左撇管外,负责采购物品、跑腿请客,二人配合得相当默契,深得主人信任。

小镇读书人多,在外工作者众,那些年龄稍大,在小镇生活了大半辈子的中老年人,往往不愿随在外工作的子女去外面生活,自然小镇的留守老人也多。方文老师和左撇处事有头绪、有条理、不怕累、不忌讳,为本家逝去的一个个老人处理好后事,赢得了众人的称赞。由此,在闲聊时,这些留守在家的长者都半真半假,与方文老师和左撇开玩笑,把自己将来的后事托付给他们。当然,方文老师和左撇每听到此言,都笑而不答,算是应承下来。

方文老师的哥哥方仁老师退休后,没有待在县城,也没有回璜溪来居住,直奔广州,随儿子去了。方仁老师的儿子大学毕业后在广州工作,在广州成家立业。有文化、有知识的方仁老师喜欢广州这座南方城市,喜欢在这座城市里生活。

城市车水马龙,在一个冬天的黄昏时刻,方仁老师在横穿马路时,被一辆快速行驶的小轿车撞了,早早去世。

方仁老师曾向弟弟方文流露过,自己虽喜欢在广州这样的大城市生活,百年之后,却希望能叶落归根、入土为安,回璜溪安葬。

左撇陪方文老师夫妇来到广州,帮忙处理方仁老师的后事。然而,方仁老师的儿子怕麻烦,待方仁老师火化后,执意在广州找了个公墓,方文老师拗不过。方仁老师就这样客死他乡,安葬在异地,未能魂归故里。这事让方文老师难过了好长时间。

方文老师尚未从失去兄长的痛苦中完全解脱出来,妻子福英又病了,咳嗽不止、胸痛咯血,经医院检查被确诊为肺癌。辗转各地,治疗了整整一年,福英还是抛下方文老师走了。这一年,方文老师明显老了,没日没夜独自照料福英是辛苦的,真正催老他的还是精神上的打击。

妻子福英临终前,其实很想见儿子旭辉的,却始终未说出口。

善解人意的方文老师数次给儿子旭辉通电话，通报妻子的病情，希望旭辉能早点回来看他母亲最后一眼，然而方文老师终未如愿。儿子旭辉是得知母亲福英死讯后才回来的，而且是独自一人。

接二连三的打击，彻底把方文老师摧垮了。妻子死后，方文老师接连患上肺气肿、冠心病，说话变得慢条斯理、有气无力，走路也变得迟缓，显得步履蹒跚。

左撇感到方文老师明显老了，每天没看到方文老师，心里都空落落的，一定要上门看看他，陪他说说话，说些宽心的话语。

这次，左撇万万没想到，仅两天没看到方文老师，方文老师却与他阴阳两隔。

方文老师在安葬妻子福英时，就已经为自己备好了棺木，墓地是与福英一起的双人墓，他想在世时夫妻俩相依为命，死后也要一起做伴。

旭辉还是一个人回来的，如方文老师生前所料。旭辉回来时，左撇已做好了各项准备工作，就待旭辉回来，将方文老师入殓、安葬。

在左撇和众乡邻的帮助下，方文老师入土为安。

来年清明，左撇独自上山为方文老师扫了墓，他想在自己有生之年，一定会坚持下去，至于他死后的事情，他也管不了了。

方老师

方老师是荷树镇初级中学的一名普通老师。

说他普通那是言之有理的,自从18岁师范毕业,分配在荷树中学,他一直教初中的语文,并担任班主任,教了整整42年的书,带了14届学生。那年6月,最后一届学生毕业,月底他就到龄退休了。

方老师教了一辈子书,在学校不但没有混到一官半职,而且连个中学高级职称都没有,到退休他还是中教一级。

不过,年轻时的方老师在学校算得上一个人物。他长得高大英俊,且颇具艺术细胞,吹拉弹唱样样都行,尤其令人关注的是他的文学才华,他在师范就加入了文学社,开始文学创作,发表了好几篇散文诗歌。来到学校教书,他仍笔耕不辍,创作热情倍增,间或都有文章见诸报刊,让学校的老师们刮目相看,同学们赞叹不已。

校长是个部队转业的老干部,姓严,只有初中文化水平,他并不看好方老师的文学创作,认为方老师不务正业,在全校教职大会上,旁敲侧击说了这事,虽然未点名地批评了方老师,方老师与大家可都心知肚明。

没想到参加工作才几个月,严校长就对自己产生了看法,方老师像只泄了气的气球,一下子蔫了,从此,他谨言慎行,发表文章从不示人。

课余时间，方老师喜欢在宿舍门前或校园一角，吹吹笛子、拉拉二胡，优美的旋律总会吸引不少学生，尤其是女同学前来驻足观看，博得一阵阵掌声。严校长看后，皱皱眉、摇摇头，担心让学生分心，过后，找方老师谈了。方老师无奈，将笛子、二胡从学校宿舍带回家中，待周末回家，才可以放心大胆地吹拉起来。

年轻而有魅力的方老师成为不少女同学的偶像，班上的高钰，更是对方老师频送秋波，暗地里还通过各种方式向他示爱。

出身干部家庭的高钰热情、大方，长得也漂亮。高钰在初中毕业前夕，写给方老师一封书信，表达了对方老师的爱慕之情。

方老师看过高钰的来信，兴奋之后，又惴惴不安。对高钰，方老师是有好感的，她才十六岁就出落得亭亭玉立，活脱脱的美人坯子，浑身洋溢着青春的气息。可高钰毕竟是自己的学生，年龄尚小，自己不能有这种想法。

方老师犹豫数日，还是写了封长长的书信给高钰，婉言拒绝，告知其还是学生，要以学业为重，不可谈情说爱。方老师原本想找高钰好好谈谈，却担心面对漂亮多情的高钰，有些话说不出来，难以说服高钰。

方老师那长长的书信也未说服高钰，她并未断了此念想，继续给方老师写来一封封书信，倾诉对方老师的情感和爱意。方老师不知如何是好。

好在马上就要初中毕业，待高钰中考完毕，一切也就结束了。方老师有意识地在回避高钰。

上课时，方老师甚至目光不敢对着高钰，高钰那火辣辣的眼神却盯着方老师不放，偶尔二人目光相遇，方老师像触电般马上闪开。

周末，放学后，方老师收拾东西，骑着自行车回家。在方老师必经之处，高钰已在此等候多时。

高钰把方老师拦下，责问道："方老师，你怎么老是躲着我？"

方老师装着很惊讶的样子，回答说："没有啊，我躲你干吗？"

"那我写了那么多信给你，你怎么不回我的信？"

"我是怕影响你的学习。"

"我知道自己学习成绩不好，你不会看不起我吧？"

"哪里会呢？"

"那我问你，你到底对我有没有一点好感？"

"你开朗、大方，心地善良，人又漂亮，是个可爱的人。"

"那你怎么不喜欢我？"

"你是我的学生，我不能有这一念想。"

"那假如我不是你的学生，你会爱我吗？"

面对高钰的一片痴情，方老师也不想伤她的心，笑着点了点头，况且，方老师内心还真的喜欢站在他面前的这个学生。

看到方老师点头首肯，高钰莞尔一笑，露出两个浅浅的酒窝。

"谁说学生就不能跟老师恋爱？当年鲁迅与学生许广平之间的爱情，至今还令无数人羡慕呢。"高钰说。

方老师说："此一时，彼一时，时代不一样了，如今老师与学生恋爱，还会受学校处理的。"

"社会在发展，本来现在应该更开放、包容。"

"现实恰恰不是这样。"

"今天，我在这里郑重向你声明，我永远不会放弃你的！"

"那我现在也要明确告诉你，我是不可能接受的！"

此后，高钰仍书信不断，方老师还是置之不理。

中考完毕，学校开过毕业典礼，同学们便各奔东西，方老师如释重负，终于松了口气。

高钰自知以自己的学习成绩考不上高中，初中毕业了，意味着自己已步入社会。她如脱缰的野马，无拘无束，向方老师发起了更猛烈的攻势，大有不把方老师拿下不罢休的意思。趁假期，方老师在家，高钰频频找上门来。

高钰开导方老师说："现在我毕业了，就不是你的学生了！"

方老师无奈，对高钰说："你还太小了。"

高钰道："你不就大我6岁，我又没有催着你马上跟我结婚。"

"那过几年再说吧？"

"我怕夜长梦多，你被其他女孩子抢走。"

"我有这么抢手吗？"

"有！我们班上的女孩子几乎都喜欢你。"

中考落榜不久，高钰进了垦殖场下属的造纸厂。

待秋季开学，方老师迎来新一届学生，已是造纸厂工人的高钰开始到学校来找他了。

对高钰的到来，方老师是既高兴，又害怕。方老师一再劝说高钰少来学校，毕竟二人是师生关系，影响不好。可高钰哪里听得进方老师说的话。

果然，高钰来过几次之后，学校就有了传闻，并很快传到严校长耳朵里。

严校长当即把方老师叫到办公室，询问情况，在方老师否认与学生的师生恋之后，严校长仍不忘对其敲敲警钟。

迫于严校长的威严，考虑到方老师的处境，高钰答应方老师不再来学校找他。

经过长时间努力,高钰一家人回城之事终于有了眉目,高钰父母和哥哥眉开眼笑,唯有高钰满脸愁容,她放不下她的方老师。

细心的父母看出端倪,女儿高钰与方老师的传言没想到竟是事实。父母劝高钰当断则断,马上中断这不现实的恋情,一家子早日回省城,倔强的高钰不依不饶,就是不听。高钰的父亲——垦殖场的高副场长一气之下,找到学校,向严校长兴师问罪。

此事在学校闹得沸沸扬扬,虽方老师在严校长面前仍否认自己与高钰的恋情,可严校长没再给方老师好脸色,劈头盖脸地批评他,告诫其与女学生交往要注意分寸,要把握原则,不能让女学生心存幻想。此后,在大会小会上以此为例,给年轻老师上政治课、敲警钟,让台下的方老师无地自容。

平心而论,年轻、淳朴、厚道的方老师也深爱着他的学生高钰,他却没勇气接受这份感情,更不敢承认他与高钰的爱情,他担心这种师生恋,足以让他身败名裂。

高钰软硬不吃,家人无计可施,一气之下,只好把她扔在荷树这小地方,他们陆续调往省城。

高钰的这一举动,把方老师感动得流泪了,他恨自己懦弱,觉得自己对不起她。

细心的高钰从方老师的一言一行中,能感觉出方老师也是爱她的,只是迫于外部各种压力,不敢承认罢了。高钰没有灰心,她想随着时间的一天天过去,待她年龄大了,方老师肯定会接受她的。她永不言弃,期待着这天。

去学校找方老师会给他添麻烦,高钰只好写信与他联系,偶尔在周末,方老师回家了,她会悄悄找上门。

漂亮的高钰拒绝了任何异性的追逐,方老师对异性向他示好也是无动于衷。没想到,好事的严校长在确认方老师尚未恋爱后,做起了说媒之事,将镇卫生院一个姓唐的小护士介绍给方老师。

方老师婉言拒绝。

严校长不悦,问:"你是不是对那个女学生还心存幻想?"

"没有的事。"

"难道人家小唐配不上你?"

"不是的,是我配不上小唐!"

"你也年纪不小了,就不能先与小唐谈谈?"

见方老师不置可否、长时间不吭声,严校长便猜方老师肯定与他的那个女学生还有瓜葛,臭脾气又来了:"你就对你那个女学生死了心吧!师生恋爱,败坏校风,有辱师德,只要我在这里当校长,就坚决不允许。"

方老师还是有魅力的,虽方老师未应允,唐护士却屁颠颠地主动找上门来。

唐护士在方老师面前很有种优越感。从唐护士口中,方老师得知:唐护士父亲是镇人大主席,与严校长是部队同一个连队的战友,在部队还担任了连长。唐护士直言不讳,称自己早就注意方老师了。

面对严校长的施压、唐护士的死缠,方老师无可奈何。

高钰发觉方老师不对劲,经她追问,方老师把唐护士与他的事和盘托出,这一说让高钰就沉不住气了。

高钰找到唐护士,向其挑明,她爱方老师,方老师也爱她,二人相爱多年。劝唐护士不要作为第三者插足,尽早死了那份心。

高钰又找到严校长,宣称她与方老师真心相爱,谁也阻止不了!

严校长恼羞成怒,怒斥道:"我在这里当校长,你们师生想结婚，做梦去吧！"

高钰知道，男女二人结婚，需要各自单位开证明，她不服软，回道："你总有一天要退休的！"

一向强硬的严校长，面对高钰这个黄毛丫头，竟无计可施。高钰这一说，他哑口无言。

严校长奈何不了高钰，心中的怨气便全部发泄到方老师身上。于是，严校长凡会必讲，强调师生恋的危害性，点评批评方老师，直把方老师骂得狗血淋头、抬不起头。

严校长的高压没能棒打鸳鸯，处在逆境中的方老师与高钰相依为命，反而走得更近了。方老师感到与高钰在一起的时光是幸福而又甜蜜的，渐渐地，他渴望着与高钰相聚。每当在学校遭受严校长的批评时，想起高钰对他的爱，他内心坚强如钢。

方老师与高钰同舟共济，他们的爱情如历经风雨的航船，始终坚韧不拔，必将抵达幸福的彼岸。

在严校长 58 岁时，退出校长岗位，方老师与高钰高兴得手舞足蹈，如盼来新生。然而，接替严校长的刘副校长乃严校长一手培养、提拔起来的，唯严校长马首是瞻。

这年冬，方老师已 28 周岁，高钰不知不觉也有 22 岁了，他们商议着在元旦举行婚礼。刘校长贯彻严校长的思想，不遗余力想阻止这一师生恋，把他们的恋情还定性为"孽缘"。当方老师找到刘校长，想开结婚介绍信时，被其断然拒绝。

这次，高钰再也不想任人摆布了。高钰来到学校，走进校长办公室，来兴师问罪，她对刘校长说："都什么年代了，你们思想怎么还这么保守。现在是法治社会，我们结婚完全符合《中华人民共和国婚姻法》的规定，你们凭什么刁难我们、阻止我们！如你们仍一意孤行，我明天就去县教育局、县人民政府告你们。"

高钰说完，气冲冲地走了，刘校长心有余悸，下午吩咐人把那张结婚介绍信开给了方老师。

经历风雨、终见彩虹。元旦这天，两个有情人终于迈入婚姻的殿堂。

婚后，夫妻二人相敬如宾、非常恩爱，珍惜这来之不易的幸福生活。周末，方老师回到家，定会拿出笛子、二胡，吹拉起来，高钰配合乐曲，唱起一首首动人的歌曲。乐器声、歌唱声交汇一起，不时引起村中年轻人驻足聆听，夫妻俩脸上荡漾着幸福的笑容。暗地里，方老师一直坚持文学创作，每每写出一篇文章，高钰定是他的第一读者。为掩人耳目，婚后，方老师把他的笔名定为"方钰"，再未更改。

方老师始终把高钰当作自己的小妹、学生，给予关心和呵护；高钰把方老师视为师长、大哥，饱含爱慕和敬意。当初，他们的新房设在枫树村中方老师家的土坯房里，从此，高钰在这里安顿下来。枫树村离造纸厂足有4公里，每天高钰风里来雨里去，骑着车奔走在那条乡间小路上，无怨无悔。几年后，高钰下岗了，她便在村中办起了幼儿园，免去了每天的奔波之苦。

婚后的高钰再也没有踏入她的母校——丈夫执教的学校。方老师因师生恋之故，在学校备受打压，身处逆境的他逐渐变得成熟、淡定。方老师堪称优秀老师，不管顺境逆境，他谨记老师教书育人这一职责，视学生为自己弟弟妹妹、儿女，倾注其全部心血，其责任心和教学水平，就是当初的严校长、刘校长也给予首肯。

方老师实属一个怪人，让人难以理解，他超脱、与世无争，只专注于教学，对个人进步，职称评定从不关注。那时，在教育系统最崇尚文凭，清高坦然的方老师甚至连个大专文凭都没有去弄。不过，他所带班级学生成绩总是位居前列，这样，学校领导、老师也就不敢小看他。

婚后方老师与高钰生一男孩，取名方超，经夫妻俩精心培养，考上了重点大学，获得博士学位，成为大学教师。高钰常跟方老师常开玩笑，说："读书时，我自己成绩不好，羡慕成绩好的同学。认识你后，觉得你聪明，生出来的小孩肯定差不到哪里，你是老师，定能把自己的小孩培养好，这不，我没看错吧！"

每每听高钰说这话，方老师就笑得合不拢嘴。

高钰还向方老师举例说："你看我哥哥，夫妻二人都是个工人，生的小孩连个普通大学都没有考上。"其幸福之情溢于言表。

当然，看到丈夫在学校受到的压制，高钰内疚，无数次动情地对丈夫说："老方，因为我，让你在学校受委屈了！"

每每听到高钰说这话，方老师总是笑着安慰高钰，说："这辈子能与你结合，乃是我人生中最大的幸事。"

高钰听了，禁不住双眼噙满泪水。

退休后的方老师，与高钰仍居住在枫树村不想离开。那结婚时的土坯房几经改建，如今，已建成两层的小洋房，前后还留有院子，种上了花草、果树。儿子一家，在寒暑假定会回来小住些日子，夫妻俩想儿子、孙子了，随时可以进城去看看，夫妻俩感到幸福满满。

方老师可以全身心投入他热爱的文学创作了，这么多年来，他所发表的文学作品，在妻子、儿子的一再鼓励下，决定结集出版。随后，经方老师整理，他的作品集一本本出来，书中的每一篇文章，方老师都会在文末标明发表的刊物还有发表的时间。

谁也没有料到的是，方老师每带一届学生，其间，他还给每个学生写了篇人物素描。自退休后，但凡同学们举行毕业聚会，在编印纪念册时，方老师定会拿出所写同学的人物素描，编入纪念册，令同学们感动不已。

以心换心，方得人心。在方老师所带的学生中，就没有说方老师不好的。退休了的方老师，耐得住寂寞，躲在乡下的枫树村，以读书写作过日，其乐融融。隔三岔五有学生来看望他，也可热闹一番。从荷树镇走出去，远在全国各地的学生，不时邀请他带上师母去做客，让其应接不暇。他想是得抽出些时间，带上夫人去游历大江南北，每年有计划地去几个地方走走，看看自己的学生，有不少学生远在国外，出国转转也是可以考虑的。

在同学们眼里，他们的方老师虽普通，却不平凡、很伟大。

第二章
机关逸事

电　脑

　　20 世纪 80 年代末，电脑还是稀罕物。

　　文昊从大学毕业，来到县法院工作，发现堂堂的县法院竟然没有一台电脑。打字室的打字员敲打着打字机，"嗒、嗒、嗒"，只能一个字一个字地敲打，非常辛苦。

　　几年后，打字员被派往市里培训，随后，法院购买回来了一台电脑，供其使用，工作效率得到明显提高。

　　对电脑文昊并不陌生，他在读大学时就学了有关计算机课程，能较熟练地使用电脑。文昊结婚时，担任中学物理老师的岳父很开明，在给女儿置办嫁妆时，还选购了一台电脑，这在县城尚属首例，被传为佳话。

　　打字员知道文昊是大学生，懂电脑，电脑使用出现问题，总是找文昊来解决。

　　随着网络信息技术的快速发展和广泛应用，县里的那些县领导开始配备了电脑。不知何时，文昊发现院长的老板桌上也摆上了电脑，却从未看过院长开机使用。那时，倡导领导干部学电脑，紧接着，法院为每个班子成员添置了电脑，让文昊非常羡慕。

　　作为单位文秘人员，专给领导写材料的文昊是很渴望能给他配一台电脑。当然，论职务他是不够格的，但论工作是很需要的。文昊想如果自己有台电脑，他上班时就可以在办公室用电脑来写材料，直接打印出来给领导看，看后又可以自己进行修改，既提高了工作效率，又减轻了打字员的工作量。要知道，一个打字员要打印全院的法律文书和各种材料，已把她累得够呛。

打字员与文昊接触多，她为文昊打抱不平，埋怨道："院里怎么不给你这个大才子配台电脑，好歹也可以减轻我的压力。把电脑配给这些院领导，都成了摆设！"打字员这话，文昊听了，有些感触，不过说多了，也让他心烦。

间或，文昊下班后回家加班写材料，妻子便戏称："回家就好好休息，陪陪我和儿子。"

文昊笑笑，说："用电脑写方便些。"

妻子说："那你怎么不叫单位上给你配台电脑？"

文昊无言以对。

妻子早迷恋上了电脑，家中的电脑大多时间被她用来上网、炒股、打游戏。文昊想想，这本来就是人家的陪嫁品，岳父是准备给她用的。出嫁前，她家中就有电脑，她喜欢玩电脑。

文昊找办公室宋主任说过，想给办公室配台公用电脑，宋主任回道："这还用你说！"

宋主任尚未进院班子，这次没有配到电脑，也是牢骚满腹，要知道，院里的这些电脑配备都是经他一手操办的。

一年后，法院分配给全院每个庭室一台电脑。文昊认为这些电脑理应为各庭室的公用电脑，可是各庭室负责人均把电脑摆放在自己办公桌上。办公室配备的电脑放在宋主任的办公桌上，宋主任经常用来上网、打游戏，文昊可从来没有使用过，倒是电脑出了故障，或出现疑问，经常把他唤过去。

文昊在单位仍无电脑可用，心生怨言，他感到院领导及宋主任平时口口声声说看好他这个"笔杆子"，事实上根本没把他当回事。文昊执意要求离开办公室，经他努力，换岗来到刑庭。

文昊至今还能清楚地记得，那是 2008 年 8 月，院里终于给每位干警配上电脑,配给文昊的电脑是领导用过的,他自我安慰道:"有总比没有强。"

几年后,法院换届,高院长来了。高院长开明,关心干警,提出为方便工作,给全院干警每人配一台手提电脑,分三批次,先给部门正职,再给部门副职,最后给一般干警。通过报批、采购,高院长落实了前两批,还未来得及实施第三批,随着换届的到来,高院长调走了。文昊望穿秋水——空欢喜一场。

新来的汤院长自然新官不理旧账。汤院长上任后感到院里中层干部的工作积极性不高,起不到承上启下的作用。这也难怪,法院中层干部除了义务,没有任何权利。为此,在汤院长上任后的第三年,念及各庭室负责人的辛苦,为调动他们的积极性,汤院长决定给每个中层干部发一台手提电脑,分两步走,先给中层正职发,再给中层副职发。这对已是刑庭副庭长的文昊来说,无疑个好消息,让他感觉到了作为中层干部的优越性。然而,文昊等来的又是失望,院里刚给中层正职发完手提电脑,尚未着手下一批,汤院长又调走了,原来的承诺便泡汤了。

随着法院司法体制改革的到来,年逾五十的文昊感到自己年龄大了,他未申请入额当员额法官。文昊文笔好,院领导知人善任,安排他当研究室主任,写写调研、宣传、信息文章。作为研究室主任、部门负责人,文昊也需参加院里的部门负责人会议,院党组中心组学习,每年底还要在全院干警大会上总结研究室工作,进行述职。

接下来法院进行机构改革,保留研究室,隶属院政治部,文昊没有感到有多大差别,仍涛声依旧,如往常一样,作为院里的部门负责人。

当文昊得知院里又给各部门负责人发了手提电脑,那是一年多后的事了,而且执行局每个科长也发了,各专业法庭的负责人也发了,这让他很不爽,虽然他自己已买了手提电脑。

思来想去,文昊觉得还是找傅院长问个明白。

文昊来到傅院长办公室,心平气和地问:"傅院长,我想请教你一个问题。"

傅院长道:"你说。"

文昊问:"你说研究室主任算不算部门负责人?"

傅院长毫不犹豫回答道:"当然算呀!院里的很多工作都和研究室有关。"

文昊说:"那去年我们院里给每个部门负责人发了手提电脑,怎么我就没有呢?"

傅院长说:"这个我不清楚,要问办公室。"

文昊说:"我问过了,说是院党组会规定的。"

傅院长说:"上次法院机构改革,研究室怎么定的?"

文昊说:"保留研究室,隶属院政治部。"

傅院长说:"这不就得了,你们不是单独的部门了!"

文昊说:"我不是嫉妒他人,对他们有意见,那执行局各科室,还有环境资源审判庭、旅游法庭等专业法庭负责人也发了呢?机构改革他们也没有作为单列的部门!"

傅院长说:"这也是工作需要。"

文昊说:"其实我们研究室工作更需要,我们研究室要对内、对外报材料,内、外网都要用。现在落实《中华人民共和国保守国家秘密法》,严禁'一机两用',我办公室只有一台电脑,我都把自己的手提电脑带到单位来使用。"

傅院长安慰文昊说:"明年院里打算给每个人配台手提电脑。"

文昊说:"我今天来找院长,就想认个理。这些天,每次要求部门负责人开会,我都不知要不要参加,好尴尬。假如院里认为我是部门负责人，就应该给我发手提电脑，如不承认我是部门负责人，那些要求部门负责人参会的会议我就不应该参加。"

傅院长无言以对。

文昊接着又解释说："我不是非要院里给我发台手提电脑，也不是要院里承认我是部门负责人，我只是想问个明白、讨个说法。像我到了这个年龄，什么都看淡了。"

傅院长问："你今年多大了？"

文昊说："57 岁了。"

傅院长说："那今后要求部门负责人参加的会议你就不用参加了。"

文昊顿觉如释重负、全身轻松，连连向傅院长道谢。

下班时，文昊将自己的手提电脑从办公室带回家中。从此，文昊在办公室上不了内网，上级法院要求用内网报送的材料他置之不理，都交由政治部上报，他终于感到轻松起来。

傅院长没有食言，明年冬，他果然安排院里给每个干警购买手提电脑，只可惜，全院近百号人，财政只批了一半，先买回来了 50 台。院里便决定下一年再买 50 台，到时一起发。

当下一年度，法院再次上报采购手提电脑，财政没有批，答复说："去年刚买 50 台，要五年后才有计划了。"

文昊想自己是没有希望了，再过五年自己早退休了。

因僧多粥少，那 50 台已买回来的手提电脑堆放在仓库里无法发放，文昊觉得怪可惜的。

文　运

　　明达觉得这是创作长篇小说极好的素材,虽然不管他怎么进行艺术处理,里面都会有自己的影子,还有县里几位书记的原型。管不了那么多了,他一口气把小说写完,心想:出版后一定会产生轰动,可能也会惹上麻烦。

　　明达是个农家子弟,考上师范后,他成了乡村小学教师。因在报刊上发了几篇"豆腐块",被镇党委华书记相中,调到镇文化站当文化干事。
　　华书记给明达提供了一个很好的平台,弃教从文的明达更热衷于学习、创作。随着一篇篇文章的采用,明达渐渐在安阳县里崭露头角。
　　杨溪镇是个千年古镇,文化底蕴深厚,古色、绿色、红色文化交相辉映。华书记是个很有思想的人,经他提议和支持,历时两年,开全县之先河,编撰出版了县内第一部乡镇志《杨溪镇志》。此书的诞生,华书记心里明白,明达的付出最多,功不可没。
　　通过编撰镇志,明达对杨溪镇有了全面的了解,他以随笔的形式又创作一书,命名曰《地灵人杰看杨溪》。
　　明达把书稿拿给华书记看后,华书记很感兴趣,赞不绝口,决定镇里出资出版此书。明达心领神会,代华书记为此书写好了序言。

《地灵人杰看杨溪》出版后，该书成了杨溪镇的名片。有领导来杨溪，华书记定会送上一本，让领导对杨溪能有全面了解；华书记外出招商引资，会把此书带去，推介杨溪；各地召开杨溪同乡会，华书记会给每人发书一本，激发各位乡贤热爱家乡之情。

此书得到领导、干部和群众的广泛好评。

华书记看好明达，先是让明达当上文化站站长，后又把明达纳入副科后备干部。可惜，华书记还没来得及把明达推上副科岗位，自己就交流到外县当副县长了。

县里续编县志，把明达调到县史志办工作。

明达在县史志办待上些时日，对全县的历史渊源、客家风情、红色文化成熟于心、颇有研究。

县里来了上级领导，若要看看县里的名胜古迹，明达常被叫去，做些讲解。

明达进入了县委贾书记的视线。那时各地正流行一种编书热，贾书记也存有想法，向明达做了流露。

明达有思想、有创意，深得贾书记认同。由此，明达奋笔疾书，先后创作《早期客家摇篮——安阳》《安阳地名溯源》《安阳民间艺术》等书。这些书署上贾书记大名或将贾书记冠以主编，贾书记自然会安排资金出版，再配发给各乡镇各单位。明达沾光，每本书均收获不菲。

明达与贾书记分工配合、合作愉快。为了避嫌，精明的贾书记并没有提拔明达。

县级面临换届，贾书记自知要离开了，才准备提拔明达任史志办副主任。

贾书记与赵县长水火不相容，担心有些干部在赵县长那通不过,趁赵县长外出,召开常委会,调整提拔百余人。

赵县长回来后不服气,到市里状告贾书记,一告就准,这批人事宣布作废,贾书记被调离。

明达没高兴几天,他的副主任职务就泡汤了。

赵县长没接到书记的职务,县里调来一个姓傅的书记。

傅书记也好舞文弄墨,常在报刊上发文,当然都是官样文章,应该都是秘书写的。

傅书记浏览过明达写的那些书,对明达有些了解,接触认识明达后,告诉明达他爱好文学,喜欢写点东西。

一次,傅书记陪客人游览县内名山莲花峰后,写了篇游记,递来给明达。

明达没给傅书记的面子,大刀阔斧修改后,傅书记感到耳目一新。此文在省报副刊发表后,傅主席特意打电话感谢明达,还调侃说要拜明达为师。

明达没辜负傅书记的期望,先后帮傅书记创作多篇文章。那篇《安阳赋》更是气势磅礴,读了朗朗上口。此文一出,全县人民对傅书记都刮目相看,由此,傅书记获得"作家书记"之称号。

明达的付出得到了傅书记回报,他承诺文化馆余馆长到龄了,退休后,让明达接任。

余馆长很有来头,又是正高级职称、专业人才。明达等了两年多,他都没退休。倒是傅书记因故,被组织上调查处理,降职离开。

作为一个文人,明达体会到不管哪个领导在台面上都会尊重你,继任的苏书记也一样。

苏书记上任时,正值春节前夕。苏书记在走访了县内离退休老干部后,又看望了县内各专业部门的高职称人员。明达几年前加入了中国作协,成为国字号会员,也破天荒地受到苏书记的看望。

此后,每年春节,苏书记都会上门来看看明达,询问创作情况,有没有什么困难。

明达的文学创作研讨会,苏书记出席。

明达的长篇小说获奖,苏书记登门祝贺。

那次省委宣传部蒋部长来县里调研,去看古村落,苏书记安排明达陪同、讲解。

明达的才华在蒋部长面前得到展示,蒋部长直夸明达讲解得好。苏书记趁机向蒋部长隆重推荐明达。

苏书记对蒋部长说,要是让明达去文联工作潜力会更大。蒋部长表态称可以考虑当个副主席。

随口一说,并未当真,苏书记哪会平白无故去考虑明达文联副主席之事。他主要精力在关注县内那些工程项目,如何让自己亲人来承包?

苏书记包揽县内大小建筑已是有目共睹,明达断言出事是迟早的事。

明达潜心创作,从不关心自己政治上的进步,想到这些年来,虽县委三任书记都待自己不薄,可还是没能迈上那个副科台阶。

明达的这本长篇小说《官运》出版后,果然轰动了。县内读者看后,纷纷对号入座,称小说中哪个人物的原型是明达、华书记、贾书记、傅书记、苏书记。

苏书记听到传言,叫秘书找来一本《官运》,仔细看后,勃然大怒。他打电话把明达狠狠地训了一顿。

明达想大概苏书记认为小说中那个县委莫书记是写他。小说中的莫书记把一个城内天桥工程揽给其堂弟，通行不久，天桥垮塌，死伤多人，而东窗事发。莫书记被牵连，锒铛入狱。

明达想苏书记肯定会给他穿小鞋，年逾五十的明达觉得自己无欲无求，苏书记奈何不了他。

真是无巧不成书。

不久后，一场大雨导致安阳河水暴涨，冲垮城南河畔新建的防洪堤。县城出现大面积内涝，有三名群众被水淹没而死。

投资几亿元的防洪堤废于一旦，承包防洪堤建设的老板被抓。老板是苏书记的妻弟，几天后，苏书记被抓。

苏书记被纪委带走后，宋县长当上了书记。

宋书记上任几个月时间，明达都未曾与其谋面。

这年冬，县文化馆年近六十的余馆长终于退下来了。县委竟然安排明达接任，这是明达从未想到过的。

宋书记亲自找明达谈话，强调文化馆长必须由专业人士担任，表达对明达的器重和厚爱，夸赞明达的小说写得好。

大年初二，在县城过年的宋书记独自上门来给明达拜年。

互道新春祝福后，两人开始闲聊。说起明达那本《官运》，宋书记竖起大拇指点赞。

末了，宋书记对明达坦言："我可要善待你们这些文人，说不定哪一天你们把我写进小说，或写入你们的自传！"

微　信

微信刚出来，梅子就开通并使用上了。

梅子在县医院住院部当护士，有了微信，在夜晚值班时，她不再寂寞难耐。

梅子感到微信的确是个好东西，很快就爱上了微信，且乐此不疲。她不断向周边的人推广微信，教人如何开通使用微信，对微信的作用赞不绝口。

微信到底是个新事物，诞生后，很快就得到社会大众普遍认同，快速普及起来。

为更好地发挥微信的作用，随着微信使用人群的不断增多，梅子又开始尝试建微信群，分门别类为自己卫校同学、初中同学各建了同学群，给自己和丈夫双方家人各建了家庭群，为黄溪乡在县城工作的同乡建了老乡群，给自己工作的泌尿科和护士站各建了工作群。这些群大多由梅子任群主，梅子为了使各个群更加活跃，频频在各个群主动发声。

泌尿科和护士站建了工作群，给工作确实带来了不少便利，对工作情况的上传下达、业务上的一些交流发挥了很好的作用，梅子由此得到科长和护士长的称赞。

院长虽年过半百，但到底是知识分子，很开明，易接受新事物。一天，院长与科长在一起，听说科长在泌尿科建了微信工作群，向科长了解工作群的作用后，频频点头予以肯定。院长吩咐科长把梅子叫去,又把院办公室两个女孩叫上,安排梅子领着这两个女孩分别给医院领导班子、院领导和中层干部、全院干部职工一口气建了三个工作群。

院长也初尝到了微信工作群的益处,他几乎每天都会在各个工作群露脸、发话,布置工作、发布消息。院长每次发声,大家都云集响应。

在一次全院干部职工大会上,院长对微信工作群给予了充分肯定,还点名表扬了梅子。

各种微信群多了,特别是微信工作群的增多,也使人疲于应对,这点梅子渐渐已有体会。

接下来,梅子又连续遭遇几次微信诈骗,虽梅子在微信中的爱心捐赠数额不大,却让梅子心里很不是滋味。

丈夫在公安局工作,得知梅子遭遇微信诈骗,提示梅子:"网络是个虚拟的世界,你知道什么是微信吗,就是微微地相信。"

话虽这么说,在梅子看来,微信还是益多弊少,她仍然看好微信,热衷于微信,活跃在各微信群,主动发声,热情服务。

因为微信,院长认识了梅子,梅子给科长也赢得了面子。平心而论,梅子在护士岗位工作并不突出,然而,随着这年护士节的来临,院里却把梅子这位不起眼的小人物推荐出去,作为全市十佳护士候选人。

事迹材料上报后,经市里初步筛选,确定40人为十佳护士候选人,梅子名列其中。接下来,便是激烈的微信投票环节。

梅子微信玩得早、玩得熟,平时各个群的群友有各种诉求,她都积极响应,热情支持,她对微信投票充满信心。

按照十佳护士评选方的要求,梅子将链接一一在各群推送,并发至朋友圈,然而,结果并没有她想象中的那么乐观,可以说是收效甚微。

梅子使出浑身解数，不断在各群呼吁，请求支持，无奈之下使出发红包最后一招。红包在群中一发，随着红包抢完，群内也是寂静无声。当然，大多抢到红包者都会凭着良心给梅子投上一票。细心的梅子经过观察，发现有些抢了红包者也没给她投票，因为她每次发红包一般都发 10 元，设定 20 个红包，而每次红包抢完，往往只增加 10 来票。

发红包能取得立竿见影的效果，几天后，梅子发现群友们都患有严重的红包依赖症。

何况在梅子的努力下，在医院院长的发动下，梅子得票一直在十名左右徘徊。对梅子来说，如鸡肋在喉，食之无味，弃之可惜。

通过这次微信投票，梅子真正体会到世态炎凉、人间冷暖。

梅子在卫校读书时，全班共有 52 人，建群时有 49 人入群。这次全市十佳护士候选人，同学中仅她一人。按说举手之劳之事，大家应全力支持。结果却令梅子感到意外，甚至残酷。

开始几天，梅子将链接推送出去，能得到近十名同学的响应，砸个红包过去，又能捞上十来票。数日后，就没效果了。在群中梅子可是群主，她平时没少帮群内这些同学的忙，建群后有同学投票、砍价或点赞的要求，她都带头响应，积极呼吁。怎么轮到她了，大家都这么冷漠呢，梅子内心在反思自己的为人。

有两名临县的同学上个月带家人来县里玩，梅子还请他们吃了饭，陪他们一起爬山游玩，可这次投票，梅子发现他们两人如事不关己，默不发声。

整整一个月的微信投票把梅子折磨得筋疲力尽，人也消瘦了不少，投票结果却让她大失所望，最终梅子的票数退居到 16 名，被淘汰出局。

这次投票后，梅子对微信产生了厌恶，热情不再，很少关注微信，不再在微信群中主动发声，像大多数人一样在微信群里潜水。

就在不到一个月后，一名叫叶媚的卫校同学在群内推送一个链接，号召同学们帮她一个读幼儿园的外甥女投票，她外甥女画的一幅画参加幼儿绘画作品征集评选。

叶媚可比梅子有号召力，链接一发出，同学们纷纷浮出水面，一一投票并发出截图。梅子虽然知道叶媚未曾给自己投过票，但她思来想去，觉得做人要大气，她还是轻按手指也投了一票。连续数天群内同学都始终如一，几乎每个人都给了叶媚的面子。

梅子知道叶媚人漂亮，嫁了个好丈夫，丈夫不到 40 就到一个县当副县长了，可谓前途无量。而自己的丈夫只是公安局一个普通民警。

梅子悄悄退出了卫校同学群，然后又逐一退出了很多群，她几乎不看微信了。遇上值夜班没事，她都会带上几本杂志去看，以消磨时间。

转　岗

难道县委的组织部长比宣传部长更大,为何县里的上两任宣传部长都转岗接任组织部长?梁文一直纳闷。

这不,县里换届,宣传部严升部长又转为组织部长。

严部长算得上是梁文的好朋友,他平易近人,乐于参加县内的文学活动,与这些文化人打成一片,圈内口碑极好。

严部长欣赏梁文。梁文虽只是县一中一名普通的语文教师,但他文学造诣很深,属县内文学领军人物,对全县历史渊源、客家风情、红色文化可谓了如指掌。

严部长自称很喜欢看梁文的文学作品,对梁文了解熟悉后,县里来了文化界的领导,若要参观县内的名胜古迹,严部长常把梁文唤去陪同,做些讲解。

教师节,严部长来县一中走访,不知是学校安排还是严部长个人要求,严部长莅临梁文语文教研组,一一和各位教师握手、问好、寒暄。

来到梁文跟前,握住梁文的手,严部长久久没有松开,左手在梁文身上轻拍几下:"梁文呀,最近又有什么大作?有些日子没有看到你啦,有空多到部里来坐坐,喝喝茶,聊聊天。"

严部长对梁文这格外的举动,校长目睹后,看着梁文,笑着频频点头。

梁文心里美滋滋的,高兴了好些天。

梁文加入了中国作协,成为县内唯一国字号会员。严部长得知此事,亲自给梁文打电话祝贺。把梁文叫来办公室,严部长又亲自给梁文沏茶,关上房门,两人聊得甚欢。

闲聊过后,严部长神秘地对梁文说,"文联潘副主席到龄了,我思来想去,你是个合适人选。"

"谢谢严部长!"梁文起身与严部长握手告别,这次严部长的手抓得特别紧。

对文联梁文还是很了解的,文联主席都是由宣传部副部长兼任,设专职副主席一人主持日常工作,另有一个干事。

回到家,梁文征询妻子的意见,妻子一口回绝:"我不赞成你去那个地方,你现在都是中学高级教师,到了文联虽提拔为副科,你的工资却要减少很多。"

梁文沉默。

妻子又补充一句:"不要在乎那么一个副科职位,没意思。"

梁文解释说:"我是想,到了文联视野会开阔些,更有机会接触上上下下的文化人,有利于自己创作。"

妻子反驳说:"你当个教师,会写文章,外人或许更推崇你,你去文联,能写文章,那都是司空见惯的,没人把你当回事。"

梁文未能说服妻子。

潘副主席即将退居二线,圈内人都知道。事前,严部长放出消息,私底下征询过圈内不少人的意见,当然大多数人都推荐了梁文,特别是文学界对梁文的呼声最高。

圈内开始传梁文去文联当副主席的消息。有好心的文友提示梁文:"把握机会,努力一把。"

这个文联副主席的职务真如鸡肋,梁文难以取舍。

不过在梁文的意识中,还是倾向能够去文联,但如一些文友所说,要去跑跑、去送送,他肯定不干的。他决定一切顺其自然吧。

没有付出就没有收获。文联潘副主席退下来了,梁文没接上,也没安排他人接任,这个职位空着在那里。

这次,严部长转为组织部长,文友们都流露出一种喜悦之情,好像严部长当上了组织部长,能够给他们什么恩惠。

文友中有好事者,又来开导梁文:"严部长当组织部长了,你去找找他,你那个文联副主席应该没问题。严部长那么欣赏你,提拔你在学校当副校长都可以。"

听罢,梁文笑而不答。

此时,梁文已打消了去文联的想法。不知校长是察觉到梁文与严部长那微妙的关系,还是担心梁文真的去了文联而流失一个好教师。学校上次评职称,校长力排众议,把学校唯一一个特高的指标给了梁文。如今梁文是中学特高教师,他不能辜负校长和学校对他的关照和期望。

得到严部长转为组织部长的确凿消息。当晚,梁文便给严部长打去电话,想为他祝贺,无奈电话两次都未接听。梁文只好发去热情洋溢的祝贺短信,而且长时间没有收到回复。

梁文在心里嘀咕:"当上组织部长了,怕我麻烦你?"

次日,梁文才看到严部长在微信中的回话,短短两个字"谢谢",连个感叹号都省了。

这可不是严部长的风格，以往梁文与严部长私聊，严部长在微信中引经据典、侃侃而谈，说的话可不少。

或许组织部长的确比宣传部长的权更大、事更多。此后，梁文和其他文友一样，与严部长几乎断了联系。只有春节到了，梁文如履行公务给严部长发个祝福短信，第一年春节梁文收到"谢谢"两字回复；第二年春节，发出去的短信，过了元宵都未见回复，难道严部长不认我这个朋友吗？梁文决定来年不再给严部长发祝福短信了。

梁文笔耕不辍、佳作连连。梁文的专著《读儒家经典话领导修身》出版后，他决定还是送给严部长，此书非常适合组织部长一读，他想让严部长先睹为快。梁文考虑到严部长忙，白天会议多、应酬多，他选择晚上九点后再打电话。

梁文一连三个晚上给严部长打电话，都未接听。

"岂有此理，我都年过50的人了，难道还会向你求官！"梁文压抑不住心中的怒火，当即将手机中严升的号码删除。

《读儒家经典话领导修身》一书出版后，在社会上引起了强烈的反响，全国各地不少党校都把此书当作领导干部进修培训的教材。据说省委中心组织学习时，给每个领导都发了一本，一度出现一书难求的现象

梁文估计已是组织部长的严升是不看书了。

一天下午，梁文在办公室批改作文，一个陌生的手机号码打了过来，梁文拿起手机按下接听："请问你是哪位？"

"我是严升，你怎么把老朋友都忘了？"对面传来曾经熟悉的声音。

"有事吗？"

"你过我办公室来坐坐,带几本什么话干部修身的书过来,我们组织部长也应加强学习。"

梁文不再听严部长的使唤了,推脱说:"不好意思,我马上要进教室上课了。"挂了电话。

晚上严部长又给梁文打来电话:"梁文吗?我是老严。这样的,明天市委组织部新来的沙部长要到县里来,沙部长也是文化人,听说那书是你写的,想要一本看看,明天你过来与沙部长见个面,认识一下,顺便把你的书带过来。"

"对不起,我那书真的没有了。"梁文回绝说。

沙部长的确是个文化人,对文化人情有独钟。沙部长来到县里走过后,惦记起了梁文。

然而,严部长给梁文打了好几个电话,固执的梁文都没有过去。

几天后,梁文收到个快递,打开一看,里面有一封信、几本书。梁文万万没想到,是市委组织部沙部长寄来的,书也全是沙部长自己写的。信中沙部长很诚恳,希望能与梁文交个朋友,还给梁文留下了他的手机号码。

礼尚往来,梁文回寄给沙部长几本书,内有那本《读儒家经典话领导修身》,没有存下沙部长的手机号码。梁文有自知之明,自己不可能会成为沙部长的朋友。

县文联潘副主席退下后,只剩下那个干事打理文联的事务,在梁文看来,反正县文联是个可有可无的单位。三年后,一个乡下姓冯的武装部长才来县文联当副主席。他颇感委屈,从乡下进城来文联实属无奈,因为他父亲中风瘫痪,生活不能自理,他这个独生子责无旁贷。

冯副主席上任后，梁文到文联几次都未曾谋面。

可怜的冯副主席当了不到一年就被停职了。原因竟然是组织部长严升被干部实名举报，市纪委立案调查，从严升的办公室搜出个笔记本，上面详细记录了他当组织部长这些年来收受的每一笔赃款，共有300多万元。冯副主席当时进城给严升送的那5000元也记录在上。

原来县里曾流传，"干部要在严升手里提拔调整，没给他好处，他是不会放手的"。的确是真的。此时，梁文多年的疑团终于解开了，严升要求从宣传部长转岗组织部长，无非是组织部长掌握人事权，能为其谋私利。

"真是个无耻之徒！"梁文骂道，对这位所谓的组织部长可谓嗤之以鼻，庆幸这几年来没与他发生什么关系，内心反思着，当初自己怎么没识出他的人品呢？

集中发放

夫妻二人都是普通的工薪阶层,生活在这山区小县城,日子也过得紧巴巴的。

穷则思变,看到近年来各地房价一路飙升,夫妻二人经反复酝酿,最终决定拿出二人这么多年来仅有的三十万元存款,通过熟人介绍,投给了县城最大的房产开发商王老板。三十万元,每月可获利息4500元,这收入是非常可观的,相当于夫妻俩一人的工资。每收获一个月利息,夫妻二人都喜上眉梢,高兴好几天,他们甚至觉得原来太保守了,后悔没有早点利用存款去投资,钱生钱。

然而,或许夫妻二人没有财气,他们仅得到了八个月的利息就开始停息了。其原因是王老板所开发的楼盘滞销,资金链断了。王老板楼盘的房屋和店面被那些投资者抢购一空,王老板高价抵消了大部分投资者的投资。

夫妻二人三十万元的投资少了,未能去要房屋或店面,况且他们得知消息后,房屋和店面已被抢购完了。

现在,利息断了,本金又要不回。外面都传说王老板已资不抵债,破产了。听说那些没要回投资的人都纷纷在法院起诉王老板,夫妻二人也只好随大流,这样做也是无奈之举,投资追不回,还要垫付诉讼费,这是他们预想到的。

判决生效后,又照章办事,申请了强制执行。听负责执行立案的法官称，涉及王老板的案件已经有几十件了。夫妻二人听后，便泄气了。

时间一天天过去，夫妻二人渐渐地从失去这三十万元投资的痛苦中解脱出来。

在申请执行的第二年秋天，男子接到了一个陌生的电话，是法院执行局打来的，告诉男子在这次全市法院开展的"夏日风暴"专项执行中，执行法官查找到王老板在上海的三个店面和一套住房，并已拍卖完毕，法院已做出分配方案，扣除所获利息收入，可得尚欠投资款的60%，这意味着夫妻二人可以从法院领回158400元投资款。男子欣喜若狂，马上打电话告诉妻子，夫妻二人对法院法官不由肃然起敬。

第二天一上班，男子带好了身份证、银行卡，来到法院，承办法官给他看了分配方案，男子囫囵吞枣浏览了一下，便签字表示同意，想早点把钱领回去。儿子处了个对象，正准备订婚，这笔钱正好可以派上用场。

男子签完字后，承办法官便叫男子先回去，告诉男子，到时全市会统一举行标的款集中发放仪式，具体时间要等中院通知。

男子失望而去。

又过了一阵子，儿子准备购买房屋以备结婚所用，夫妻二人想尽绵薄之力，给儿子一点援助，夫妻二人又想起了法院这笔款子。在妻子的动员下，男子再次来到法院，打听标的款发放时间，回复说："再等等，应该快了。"男子又无功而返。

妻子责怪丈夫办事不靠谱，说："你怎么不跟他们说我们急用钱，看看能不能特事特办！"

秋冬之交，男子在乡下的父亲得病了，得的是大病，县医院医师建议男子将其父亲转院去省里的大医院治疗。男子匆匆来到法院，想特事特办，提前领取这笔钱。

回复说:"再克服一下吧,一切准备工作我们都做好了。"

男子说:"我是真的没办法才来找你们。"

反驳说:"假如这笔钱没执行到,就不要给你父亲看病了。"

男子说:"你们这是典型的形式主义,标的款本来就应该及时随时发放,而不应零存整取集中发放。"

解释说:"我们也没办法。再说,即使要发放标的款,也需执行局长和分管院领导签字,今天他们都去市中院开会,布置全市'冬日暖阳'专项执行工作了。"

男子等不及,愤愤而去。

一来二往,夫妻二人当初对法院的好感已荡然无存。

男子四处借钱,带父亲来到省城一医院,父亲住院治疗半个多月,还是医治无效死亡。在男子父亲出葬前一天,男子终于接到法院的电话,告知明天将召开"夏日风暴"标的款统一发放大会,主会场设在市中院执行指挥中心,全市各基层法院分别设立分会场,到时邀请了媒体记者前来采访,因男子领取的标的款较大,已通知其准备接受媒体采访。

男子淡淡地说:"明天我来不了。"

质问说:"你这人怎么回事?"

男子揶揄道:"你们集中发放标的款选了个好日子,我也选了个好日子,明天我父亲出葬!"

关于走访企业的文件

这年春，新上任的县委马书记经过一番调研后，针对县域经济落后的现状，决定狠抓辖区营商环境的优化。随即召开了规模盛大的全县优化营商环境动员会，成立了由马书记亲自挂帅的优化营商环境领导小组，提出人人是环境、事事是环境的口号。

小马是马书记的秘书，在会前经过数天的鏖战，执笔制订了《优化营商环境行动方案》，方案详细，操作性强，方案中要求各部门单位，县、乡、村三级干部，深入走访企业，为企业排忧解难，助力企业快速发展。

政令畅通，执行有力。毕竟是马书记上任后的第一个大动作，全县上下马上行动起来了。几乎每个单位，不管与企业是否有关，都出台了相关文件，制订了实施方案。几天后，小马就看到各单位陆续出台的文件，堆放在马书记办公桌上。县人大出台了《充分发挥人大代表的示范作用优化营商环境》，县政协的文件为《发挥政协委员的作用持续优化营商环境》，县直属工委要求发挥党员在优化营商环境中的先锋模范作用，县妇联提出发挥妇女的作用，团县委提出发挥共青团员的作用。政法各部门则着重强调发挥政法各部门的作用，开展法律服务，为企业保驾护航。

紧接着，全县干部对全县的企业开展地毯式、全覆盖、无死角的大走访，全县上下掀起优化营商环境新热潮。

搞通讯报道出身的小马，看到此情此景，禁不住拿起笔，写了篇通讯《万名干部下企业 把脉问诊促发展》，在市报头版头条发表，马书记看后，频频点头。

小马陪马书记走访了园区几家龙头企业，还召开了简短的座谈会。马书记每到一个企业，介绍其狠抓优化营商环境的理念，及县里出台的具体举措后，都是掌声如云。

小马工作虽忙，县委办也给他分配了四家企业由其负责走访。这天下午，稍有闲暇时间，小马来到工业园区，首先走访了绿源食品有限公司。

公司杨老板是小马老乡，看到小马过来，尚未说明来意，便迎上来握手："非常欢迎！"

杨老板办公室坐了个穿法官制服的，小马便明白了，不少单位早就捷足先登，开始走访了。

杨老板向小马介绍说："这是检察院的小曾，曾检察官。"随后，又介绍了小马。

三人便唠起来了。

杨老板说："这些天，我们园区企业可热闹了。昨天公安局和林业局的人到我们公司，上午法院和审计局的人来了，明天听说司法局、水利局和财政局的人会过来。我这里真是高朋满座、蓬荜生辉！"

小曾说："我们单位出台了'干警进企业 惠企零距离'活动方案，要求干警每个月到自己联系的企业走访一次，了解生产经营状况，梳理反映的问题，形成走访台账。"

小马长时间待在领导身边，养成了内敛的习惯，不轻易说话表态。听杨老板、小曾这么一说，小马意识到有点过了，心里有一种说不出的滋味。

利用一下午的时间，小马快速走完其他三个企业。在这些企业主的言谈中，他们流露出，近日，县里各单位如走马灯似的频频来企业走访，让企业应接不暇、疲于应对。

小马想，这的确是个问题，应予考虑。不过，因忙于其他日常事务，几天后就把此事抛到脑后去了。

国庆期间，从外地回来几个老板，到县工业园区看了看，绿源的杨老板接待了他们，把小马和园区几个企业老板邀请过去。

席间，几杯酒下去后，大家便口无遮拦、畅所欲言了。

言及干部走访企业，颇有微词。

"我的企业运行良好，且聘有法律顾问，基本上不存在涉法涉诉等法律问题，唯一的问题是产品的销售波动大、不稳定，而政法各部门今天来一个，明天来一个，均称来送法上门，说实在话，我真的不怎么欢迎。"

"干部走访企业，了解企业需求，解决企业困难，其出发点是好的。问题是不少干部走访企业完全是流于形式，他们蜻蜓点水、走马观花，在厂区拍照、在办公室喝茶、寒暄几句，凳子还没坐热便走下一家企业了。也有不少干部根本不懂企业管理、市场运行一窍不通，在走访中说外行话，发现不了问题。"

"有些单位因其职能有限，了解到了企业的需求，掌握到了企业的困难，却有心无力，未能给予任何实质性的帮助。干部来我们企业走访，总得留人家吃饭，个别干部利用走访企业之便，在企业吃喝，增加了我们企业负担。"

听大家这么一说，小马不知是因为醉酒还是害羞，满脸通红。当初，县里的《优化营商环境行动方案》是他主笔的，干部走访企业，也是他极力推崇的。

由此，小马对干部走访企业也有了看法，他有感而发，写一言论《干部走访企业莫流于形式》，取一笔名投至省市报刊。

转眼已进入年底，从统计数据来看，全县工业产值及招商引资落户企业并无何增长。小马反思，感到一年来，全县狠抓优化营商环境，其成效并不明显。

那篇《干部走访企业莫流于形式》投稿数日后，在市报也发出来了。小马把此文推荐给马书记看了，文中最后一段说：

"笔者认为，单位在组织干部走访企业前，先扪心自问，权衡一下，上企业走访，能给企业哪方面的帮助，能为企业解决什么问题，企业对干部前去走访是不是真正的欢迎。那种流于形式，走马观花，增加企业负担，变味了的走访，不要也罢。"

这话，小马用红笔画了，作为提示。

马书记看罢此文，皱了皱眉，大概是有同感，当即对小马说："你马上起草一个文件，对单位、干部走访企业严格规范起来，确实减轻企业负担。"

点　赞

听说县公安局新来的何局长是位诗人。

果然没错，何局长上任后，隔三岔五都会推出自己的诗歌晒在局干警群上。

何局长的诗歌一晒出，即刻赢得一片片点赞，大拇指要霸占好几个屏幕。

这可是工作群！政工科小马对此颇为反感。因政工科发的通知和要求，各科所队上报的东西常被这些点赞的大拇指淹没，影响了小马的工作。

石政委对此也很有看法，认为此风不可长，纯粹是阿谀奉承。局里有几个人懂得诗歌？

小马向分管政工的石政委谈了自己的想法。幼稚单纯的小马向政委建言：分开建两个群，一个为公安工作群，专对工作情况进行上传下达；另一个为警官之家群，专为干警们推文、发文，交流心得和感受。小马的建言得到石政委认可，他也明白小马的意思。

小马快速建好了两个群，对两个群如何使用在群内分别做了说明。

石政委与小马的目的没有达到。事后，何局长的诗歌没有仅限于晒在警官之家群，他在两个群同时推出，反而增加了不少干警点赞的工作量。

小马的计策倒被何局长识破。局里人员调整，何局长没让小马留在政工部门这个重要岗位，把他安排到小溪派出所锻炼去了。

小溪派出所是全县最边远的所，到此工作的小马情绪极不稳定。

派出所刘教导员看到小马的情况，多次找小马谈心，安慰开导他，一来二去两人话也多了。

"他那哪是诗歌？都是顺口溜。"一日，两人聊到兴头，刘教导员毫不遮掩地说。

小马附和说："顶多算是打油诗。"

"反正我是从不看他的诗，更不点赞。"

"我看出来了，局里有几个不点赞的，你算是一个。"

小马很敬佩刘教导员，他早就听说过刘教导员文笔好，年轻时诗歌写得棒，得到过国家级大奖，上过《诗刊》，这些年改写小说，也是佳作连连。他为人耿直，是全局最老的派出所教导员。

清明前夕，小马触景生情、有感而发，写一小诗《清明抒怀》，得到刘教导员称赞。

小马禁不住把这首诗发在警官之家群内，长时间没人冒泡。

刘教导员发觉后，主动发声，言简意赅对该诗歌做了个很好的点评。

几天后，局里召开科所队长会议，刘教导员代所长参会。

会后，刘教导员偶遇何局长。

何局长问："我们单位的工作群，你从来不看吗？"

刘教导员答："时时都会关注，只是主动发声少。"

何局长说："你是该点赞时不点赞，不该点赞时你点赞了。"

刘教导员心领神会，笑而不答。

光阴荏苒，岁月如梭。

石政委接任了局长。

石局长上任不久,局里调整了一批干部,刘教导员终于转任当上了所长,小马也平反调回局里。局里那几个乐衷于点赞者,一个也没有得到重用。

石局长务实,还在局里那两个群中约法三章,要求任何干警不要在群内竖大拇指、简单点赞。

抉　择

　　南山市政协因故需增补一名副主席。

　　南山是一个小市，只辖有两个区、四个县。市委孟书记把这六个区县书记想了一遍，马上就锁定了南林县的金书记。

　　为慎重起见，孟书记找来市政府蔡市长，想先跟蔡市长通个气，首先取得蔡市长的支持。

　　得知孟书记想提拔金书记当市政协副主席，蔡市长惊得目瞪口呆。

　　在蔡市长眼里，金书记就是个无能的庸官，正如蔡市长坦言，论能力，金某人能力平庸，从市委宣传部常务副部长岗位转到南林当县委书记快三年了，可以说一事无成，毫无政绩，南林县干部群众对其都颇有微词；论资历，其他五个担任区县书记时间都比金某人长；虽说政协是养老机构，可论年龄，两个区委书记，还有两个县委书记都比金某人长，金某人年龄排名第五，属较年轻的。

　　蔡市长牢骚一番之后，说出他的观点：如提拔金某人当副主席，在全市会产生不良影响，这是极不好的用人导向。

　　蔡市长性格耿直，说话也直。

　　孟书记对这位长自己两岁的搭档向来敬重有加。三年前，市委原书记赵书记离任，当时对蔡市长接任市委书记的呼声是很高的。孟书记从省委空降而来，对蔡市长来说，到他这个年龄，接任书记的希望算是彻底没有了。然而，蔡市长毫无怨言，仍然一如既往地埋头工作，并全力支持配合孟书记。

待蔡市长说完，孟书记亲自给他续水，赔着笑说："老兄不要太激动，耐心听听我的解释！

"当初，使用金某人是欠考虑的，也是极为错误的。我那时刚来南山几个月，对金某人也不怎么了解，看过他履历，只知他没有县乡地方工作经验。记得进行人事酝酿时，你跟我说了不同意见，但你还是尊重我的决定，这点我要感谢你。当然，你我都知道，金某人是省委组织部常务副部长马光大学的同班同学，马光多次跟我力荐他。

"事实证明，金某人无力承担一名县委书记重任，不瞒老兄说，其他五位书记的能力水平都不错，他们的工作我一点都不用担心，唯独这位金某人，我实在放心不下，这几年金某人在南林当书记，我真是提心吊胆，生怕南林出什么乱子。所幸，这几年金某人虽无建树，但也未出什么大问题。但不管怎么说，南林是我们市的农业大县、林业大县，应该有较好的发展前景，可这几年在金某人的治理下，可谓每况愈下。记得我刚到任时，南林的财政收入等几项主要指标在全市排名第四，金某人去后的第二年退至第五，第三年退至第六，已稳居末位。

"金某人虽无政绩，但也未犯错误。调他回市里哪个局室当一把手，也不合适，我也不放心，所以趁此机会，让他到市政协去。"

孟书记很有耐心，向蔡市长娓娓道来，不知怎么，也跟着蔡市长把金书记换作金某人。

听孟书记这一说，蔡市长恍然大悟，明白了孟书记的良苦用心。

见蔡市长仍心存顾虑，孟书记又说："其他五位书记应该不会有意见，找时间我做做他们的工作，明年市县就要换届了，我觉得凭能力他们都可以担任更重要的领导岗位，而不应该让他们过早地去休息。"

蔡市长会心地笑了，频频点头，高兴而去。

孟书记逐一找其他五位书记谈心，勉励他们好好工作，争取来年再上一个新台阶。谈话中，他很隐晦地流露了自己的观点，让每位书记都心知肚明，打消了想法。

随后，孟书记又专程前往省委汇报，找有关领导沟通。

几个月后，金书记顺利提拔为市政协副主席，他很高兴、很欣慰，自知自己的进步得益于老同学的荫护，他也听说了，马光马上要转正，并进省委班子。

代　过

严局长年事已高,担任局长这么多年也累了,有些懈怠,工作热情大不如以往。

明年,严局长就要退居二线,这事大家都心知肚明。由此,局里一些好察言观色者便不再那么听使唤了,这从单位开会时的会风、会纪就能很明显地看出来。

这是个周五的下午,严局长正在组织召开全体机关干部大会,传达学习上级有关文件,强调布置有关工作。以往,这种会议都是一个月召开一次。近来,渐渐已改为两个月一次,会议要学习的文件要强调的事项更多些,会议时间自然要长些。

因是周末,这次会议本来缺席的就不少,开到后面又溜走不少。会议结束时,本有73人的局机关仅剩29人,多为各部门负责人。以往可不是这样,只要是严局长参加的会议,没有一人敢缺席或溜号,每个人都乖乖地坐在会议室,静静聆听。看到此情此景,严局长皱皱眉头,终于火了。

虽会议议程结束,且已过了下班时间,严局长没有宣布散会,他大发雷霆,向会议室仅剩的这些参会者强调工作作风、会风会纪,口若悬河,足足说了近半个钟头,最后抛出一句话:"你们各部门负责人要认真查查自己部门有哪些人缺席,有哪些人早退,找他们好好谈谈,下不为例!"

散会后,老杨匆匆赶到单位食堂,见几个年轻人用牙签剔着牙，有说有笑走出食堂。

有人问老杨："会才开完？"

这一问，反把老杨心里的怨气给憋出来了，一向木讷寡言的老杨冷冷地说："你们溜号早退，却让我们受罪！"

几个年轻人当然知道早退也不光彩，偷偷一笑，赶紧离开。

接着老杨又嘀咕："也真是，不去找那些缺席早退者，反把我们这些老老实实的人留了下来。"

老杨进入食堂，食堂工作人员正在收拾碗筷。

见到老杨，食堂那个打菜的女子嗔怪道："你怎么现在才来？没饭菜了。"

老杨看看，的确盆光钵光，心中更加憋气，要知道老杨的老婆去年就退休了，正在外帮儿子带小孩呢，家中就老杨一人。

老杨灰溜溜地从食堂出来，径直走出机关大院，出大门处遇到田科长、王科长。

田科长是老杨的科长，他便关心地问老杨："食堂没饭菜了？"老杨鸡啄米似的点了两下头。田科长无奈摇了摇头。

三人都住在局机关宿舍，徒步仅要十来分钟，便结伴回家。

田科长见老杨闷闷不乐，满脸委屈，说道："现在这世道不知怎么了。像我儿子所在学校有一个财务人员挪用巨款出逃，大家都跟着受罪。我儿子在后勤处工作，一天到晚被纪委的人找去谈话，天天开会进行整顿。"

"老田，不要说了，我儿子那还不一样，听说一把手出问题了，单位上原有的奖励性工资基本上都没有了。"王科长说。

"就说我们下午这事！"田科长说。

"唉，现在这种事情比比皆是，不足为奇。"王科长说。

转眼间，就回到单位宿舍，三人就要各自回家。

见老杨仍一声不吭，老田安慰说："老杨，想开点！"

打　伞

段君大学毕业后，分在市委给领导当秘书。

每逢陪领导出去，遇上下雨，段君都得给自己的领导打伞。这并不是段君拍马屁讨好领导，他也是迫于无奈，这好像是在市委机关里约定俗成的。你看下雨了，有哪位领导会自己打伞？都是秘书打，就是副秘书长也经常要给领导打伞。

下小雨尚好，若遇上下大雨，为了给领导打好伞，段君经常顾不上自己，往往身上衣服都会被淋湿不少。于是，段君想，这传统习惯不知是从何时开始的，这些领导的年龄又不大，都是五十多一点，身体也很硬朗，自己打伞不是更方便吗？让别人打伞，打伞的人多难呀！段君认为这就是官僚主义！

段君有感而发，拿起笔写了篇杂文，用笔名投了出去，发表在《杂文报》上。

市委领导和秘书是无暇看这种报纸的，他们至多看看党报。段君的文章他们肯定还没有看见。市委机关领导外出遇雨，仍一如既往由这些秘书给他们打伞。

不过，跟在领导身边，为领导服务好，那是很有政治前途的，何乐而不为呢？段君在市委帮领导打了十余年伞，由副科秘书到秘书科长到副秘书长，反正是隔几年就要上一个台阶。前不久，段君跟随多年的领导要退二线了，这位领导也没忘记处理后事，提前把段君安排到一个小县当上了县委书记。

段君当上了书记后，外出下雨，秘书也上来给他打伞，但他不像市委其他秘书那样，自己当秘书时给领导打伞，自己从秘书当上了领导，便心安理得让秘书给自己打伞。段君想起了自己为打伞之事所写的杂文，或许这篇杂文对段君来说是一面明镜，他毅然拒绝秘书给他打伞，并对秘书说，以后下雨你给我准备一把伞就可以，这样你我都方便。秘书听后，颇为感动，觉得书记十分善解人意。

春节临近，虽下着连绵细雨，县领导还是兵分几路去各乡镇慰问军烈属和贫困户。晚上，段君观看县里的新闻，见这些下去的县领导都是由秘书等随从人员甚至是乡镇领导给他们打着伞。段君看后，心里很不是滋味。

春节过后，在县委中心组的一次民主生活会上，段君对此发表看法，称此举有损领导形象，要求大家力戒，从我做起。

也不知这些县领导听了是否高兴，不过，从此后段君再没有在县里的新闻上看见这些县领导下雨时由他人打伞的镜头。

此事渐渐也传出去了。为此，段君获得很好的口碑，得到干部和群众的交口称赞。

第三章
啼笑皆非

认　可

芳子师范毕业时，是作为优秀毕业生才留城分在县城一小的。

芳子热爱小学教师这一职业，爱岗敬业、吃苦耐劳，经过多年的努力，她的教学能力和水平展现出来了，所带班级的学习成绩都稳定在全年级一二名，多次得到学校领导的表扬和家长们的普遍认可。

按照所取得的文凭、工作执教年限，芳子按部就班地获得小学一级教师资格。

当芳子的条件符合评定小学高级职称基本要求时，她跃跃欲试，结果却很不如人意。

评高级职称是有指标的，不是应评尽评。这些年在学校，芳子一直忙于教书育人，不懂去巴结、讨好领导，甚至错误认为教好了书，领导对她自然会有好印象。在乡下出生长大的她，也无任何背景，因此，在评高级职称时，是没有哪个领导帮她说话的。芳子一心扑在教学上，无暇去撰写、发表文章，压根不知论文对评高级职称的重要性。还有芳子每年都能评上学校的先进，而省、市、县先进和教学骨干她一个也没评上。

芳子扎实的教学功底，对其参评高级职称并没带来半点优势，她等待了好些年才拿下高级职称，远远落后于同龄人。

那时高级是小学职称的天花板。评上高级职称的芳子长长地舒了口气，心想：现在终于可以安心教学了。

几年后，小学开始可以评定特高级职称，芳子虽心动，却望尘莫及，论文与荣誉都成为她的瓶颈。芳子自我安慰道："能教好书，得到家长认可就可以！"

大家都想方设法去为特高级职称而努力。当看到自己身边的人，就连与自己一起进一小、已多年不教书的总务处主任都评上特高级职称后，芳子再次心动，开始打听评选特高级职称的条件。然而，从这一年开始，评选特高级职称增加一条件，需要去乡下边远山区支教一年。这点芳子做不到，她的公公婆婆双双瘫痪在床，把夫妻俩已折腾得筋疲力尽。

"唉，评上特高级职称不就多那几百块钱吧？"芳子自嘲道，她放弃了想法。

芳子虽没得到什么较高荣誉，学校领导在全校大会表扬她的频率是很高的，芳子想这也是学校领导对她的认可，让她很知足。

这次期末考试，芳子班上的平均成绩又是遥遥领先，在暑假前的那次全校教师大会上，今年刚进一小的新校长又点名表扬了她，还说："现在我们学校有种不好的导向，大家都想在职称上上去，教学能力、学生成绩却上不去。大家要向方芳老师学习，她虽然不是什么特高级职称教师，但扪心自问，我们在座的这么多特高级职称教师，有几个人的教学能力能比得上她。"

校长这话，让坐在台下的芳子脸上红通通的，她在心里高兴了好些天。

暑假转眼即逝，学校开学了，芳子又下来带一年级。

芳子小姑子的小孩，这年到了读小学的年龄，可户口不在一小学区，她想通过芳子让小孩进一小，放在芳子班上。芳子爽快答应了，对芳子这样的老教师，以往学校领导都会给个面子。

可这次却让芳子失望了，开学报名那天，芳子找到校长办公室说了这事，遭到校长明确拒绝，校长对芳子说："我们一小两百多名教职工,如果每人送一个人进来,就要增加两百多名学生,我们哪承受得起!"

芳子心里虽别扭,可觉得校长说的话也有道理,将情况反馈给小姑子,让小姑子再想想其他办法。

当日下午,小姑子就给芳子打来电话,告诉芳子办妥了。

芳子追问,小姑子就告诉她,找了个同学,就是专给一小供桶装水的老板,这让芳子很没面子,对校长有了看法。

让芳子稍感安慰的是,下午老校长带他孙子来学校上一年级,找到芳子,说他孙子已安排在芳子班上,请芳子好好关照。

芳子调侃说:"老校长,你就这么信任我?"

老校长答:"你是我的首选。"

芳子又说:"我们一年级共十个班,有四个班的老师都是小学特级教师,你怎么不把孙子安排在她们班上?"

老校长笑笑,说:"我这个人从不以职称论英雄,大家心中都有一杆秤,我告诉你吧,家长争着把小孩送到你班上,就是对你最大的认可!"

芳子说:"老校长过奖啦。"

老校长说:"望子成龙、望女成凤。家长们都精着呢,想送小孩去哪个老师班上,他们早已向学校领导和老师打听了。"

老校长说完,看着芳子频频点头。

直到退休前,芳子都没评上特高级职称。

芳子本想退休后游山玩水、颐养天年,没想到她早就被人盯上了。

县私立文峰学校校长高文峰,早年是县一中响当当的数学老师,省市闻名,因与一副校长争特高级职称未果,一气之下跑去广州一私立学校,在那待了数年,挣得盆满钵满后,又回县城,创办了从小学到高中一贯制的私立文峰学校。文峰校长办学,其目的不仅仅是赚钱,他主要是想培养精英,成就自己的抱负,因此他学校招的都是尖子生。

高文峰找到芳子,亲自劝说芳子加盟文峰学校。

高文峰对芳子说:"据我了解,你是我们县里小学低年级段、屈指可数的优秀教师。"

芳子说:"谢谢你的夸奖,可我只是一名小学高级教师。"

高文峰说:"这我知道,没关系。"

芳子问:"你怎么不去聘请那些特高级教师呢?"

高文峰说:"有很多特高级教师想来我这,我还不要呢,特别是那些退居二线的行政领导,多年不从事教学工作,职称高、能力低。"

俗话说得好:"士为知己者死。"芳子当即答应下来。

末了,高文峰又补充一句:"你虽未评上小学特高级职称,但我这里就按小学特高级职称的标准给你定工资。"

芳子感动得差点要流下泪水。

我是您学生

文静娟秀的薛玫师范毕业时才17岁，分配在离安都县城50公里的枫林中心小学。

薛玫热爱教书这一职业，来到学校，看到这些勤劳、朴实、善良的乡村学生，她内心充满爱意。

薛玫是个很讨人喜欢的姑娘，学校老师都亲切地唤她玫子，同学们便叫她玫子老师。

玫子教一、二年级，两年一个循环，还担任了班主任。她在枫林执教六年，带了三个班、共178名学生，每个学生她都牢记在心，能如数家珍一一道出他们的姓名。

玫子也该谈婚论嫁了，她父母执意把她调回县城。

没想到文弱的玫子经人介绍爱上了一个在北京的武警郑刚。二人一见钟情，恋爱一年就结了婚。

玫子本可以随军去北京的，可郑刚积极上进，结婚不到半年，竟然要求去西藏锻炼，当然这肯定也得到了玫子的允许。

玫子应邀到过西藏边陲郑刚服役地，那里环境的确漂亮，就是条件非常艰苦，在这里玫子也有很明显的高原反应，她无法选择随军。

一对恩爱夫妻，就这样分居两地，只能鸿雁传书。

离开枫林后，玫子一直在县城一小教书，带了一波又一波学生，只要是她班上的学生，她每个都不会忘记。在县城执教多年，她仍常常想起在枫林时的情景，想起枫林她的学生。夜深人静之时，她还会掰着手指，算着自己的学生是不是高中毕业要参加高考了，是不是大学毕业要参加工作了。她也天真地认为自己的每个学生肯定都能记住她，想到这儿，她脸上就会绽放出美丽的笑容，颇有种成就感。

玫子是独自一人把儿子军军拉扯大的。军军读初中时，玫子送他去学校报到，遇到了原枫林中学的唐老师。玫子走过去，甜甜地叫了声："唐老师！"

唐老师推着眼镜皱皱眉头："你是？"

玫子自我介绍道："我是原枫林小学的玫子老师。"

唐老师还是没想起来，轻轻摇头。

玫子又提示说："你是唐国俊的父亲吧！"

唐老师回答："是的。"

玫子便说："我是唐国俊小学一、二年级的班主任，语文老师薛玫。"

唐老师恍然大悟，"哦"了一声。

随后，二人闲聊几句。

交谈中，玫子得知唐老师已选拔进县城有几年了，也打听到唐国俊高中毕业后上了警察学院，现在在县城城关派出所工作。

唐国俊在玫子脑海中印象很深，他品学兼优，是玫子任教后带的第一届学生，还被玫子安排当了班上的学习委员。唐国俊父亲当时在枫林中学教书，参加过唐国俊的一次家长会，玫子是在这次家长会上认识他的。

这次巧遇唐老师，玫子隐隐约约产生了一种失落感。

郑刚转业后，安排在市公安局工作，玫子结束了与郑刚长时间的两地分居生活，玫子调进市里一所小学。

办完工作调动手续，玫子来到城关派出所办理户口迁移，不到十分钟就办妥了。走出办证大厅，玫子看见在大院橱窗上挂着一大群人的照片，有一人似曾相识，走近一看，不是唐国俊吗？虽多年未曾谋面，玫子还是一眼就看出来了，照片下面果然写着唐国俊，职务副所长，看见自己的学生已当上了副所长，玫子心里掠过一丝丝快意。

马上就要离开县城到市里去了，玫子有些恋恋不舍，时间还早，她便想去看看唐国俊。

玫子找到副所长唐国俊的办公室，见唐国俊正在电脑前紧盯屏幕。

玫子大声地叫了一声："唐国俊。"

唐国俊抬起头，问："你找谁？"

玫子笑笑，说："就找你！"

唐国俊拉下脸，对来者自呼其名有些不悦："有事吗？"

玫子说："来看看你。"

唐国俊用眼角余光看了一下玫子，疑惑地问："你认识我？"

玫子回答："当然认识。"

唐国俊不再答话，目不转睛地看着屏幕，脸上变换着各种表情，原来他是在看股市行情。

沉默片刻，玫子终于按捺不住了，说："你忙吧。"转身走了。她想唐国俊已不认识她了。

从唐国俊办公室出来，玫子失魂落魄、满脸苍白，有一种强烈的失落感。

此后，玫子经常在他人面前叹息："做小学老师真没用！"

两年后，郑刚受重用，从市局到县局，任安都县公安局局长。玫子又跟丈夫回到县里，这次玫子没再回学校当老师了，已是县领导的郑刚把她安排在县财政局工作。

郑刚上任不久，城关派出所所长到龄就要退休，引起很多人的角逐。部队转业的郑刚正直严谨,他对自己约法三章,不在家中谈工作、接待客人,并且说到做到。

忽然一日晚上,有人前来敲门。

郑刚开门,见是城关派出所副所长唐国俊,脸色一下变了,正想开口训他,唐国俊嗫嚅着说:"我是玫子老师的学生!"

听到这亲切的称呼,郑刚认为唐国俊来看望老师,转过身让唐国俊进来。

坐在客厅沙发上的玫子见来了客人,起身相迎。

见玫子在家,唐国俊如遇上了救星,马上自报姓名:"玫子老师,我是唐国俊。"

玫子有些吃惊,一时无语。

唐国俊还认为玫子没认出他,又解释说:"我是您的学生。"

玫子心里像打翻了五味瓶,酸甜苦辣一下子涌上心头。

整 改

　　换届前，市委巡察办对三溪市下辖的 11 个县市区检察院进行了一轮全面巡察。

　　巡察中，有两个县检察院反映了机关食堂管理存在的问题。

　　水溪县检察院在初建食堂时，院党组经过讨论，考虑干警外出办案时间多，难以照顾家庭，院机关食堂允许干警的配偶、子女用餐。这次巡察有个别干警反映机关食堂疏于管理，机关食堂应为干警食堂，而不少干警家属在此用餐，增加了单位的负担。

　　石溪县检察院则一直从严管理，仅允许干警本人在机关食堂用餐，将干警家属拒之门外。这次巡察，不少干警反映，院里对干警缺乏人文关怀，机关食堂应从关心、关爱干警的角度出发，应允许干警家属来食堂用餐。

　　巡察办工作人员很认真负责，对巡察中收集发现的问题均一一向各检察院进行了反馈，要求按期进行整改。

　　水溪县林检察长收到市委巡察办的反馈意见后，马上召开党组会，对照反馈问题逐一进行整改。

　　针对反馈意见中提到的"机关食堂疏于管理，干警家属也在食堂用餐"。当日，便叫办公室宋主任在全院干警群发出通知，告知干警家属次日起不能在食堂用膳，还嘱咐宋主任第二天在食堂窗口盯着。在几天后的全院干警大会上，林检察长对此事的前因后果，还向干警们做了解释，得到干警们的理解，不少干警直骂告状者。

石溪县的何检察长得到巡察反馈意见后，也不敢怠慢，立行立改。对意见中提到的"对干警缺乏人文关怀，禁止干警家属在食堂用餐"，马上安排办公室肖主任，对机关食堂进行扩容，添置桌凳碗筷，新增两名工作人员。一星期后，机关食堂全面开放，得到干警及家属们的一致好评。

一名老干警还夸赞何检察长关心干警、能办事，在几任检察长手中都没办成的事给他办好了。

第二年县级换届，事有凑巧，林检察长与何检察长互调，都回到离家较近的地方。

林检察长上任后，发现石溪县检察院竟然还允许干警家属在机关食堂用餐，他觉得应吸取在水溪县的教训，主动进行整改。现在巡察工作都已常态化，要不然下次市里派巡察组下来，又是一个问题。

何检察长来到水溪，得知干警家属不可在机关食堂用餐，感到不可思议。他上任后的第一件事，便是谋划机关食堂对干警家属的开放，以获得干警们的拥护。

几天后，市里召开全市县市区检察长会议，林检察长与何检察长不谋而合，走到一起，想互通情况。

谈起食堂管理问题，林检察长说："水溪检察院本来是允许干警家属在机关食堂用餐的，去年市委来巡察，有人反映不妥，要求进行整改，才禁止干警家属在食堂用餐。"

"石溪检察院本来是禁止干警家属在机关食堂用餐的，也是去年巡察时，干警向巡察组提出意见，随后进行整改，食堂才向干警家属开放。"何检察长解释说。

两位检察长听对方这么一说，都哭笑不得，不知下一步该怎么办？

作　风

这年初，安都县法院接到市中级人民法院通知，报送上一年度精品案例，要求各基层法院各报3-5个。

安都法院汤院长在通知中批示："请研究室何主任落实，按要求及时上报。"

何主任收到汤院长批示转办的文件，他主动上门找到院里各业务庭室咨询，又搜索了裁判文书网公布的上一年度的法律文书，经精心挑选，总算找到有两个可谓精品案例，值得一写。

何主任一直对市中级人民法院这种下派硬性任务的做法比较反感。宁缺毋滥，他沉下心来，认真把这两个案例写好，上报市中院。

市中级人民法院林副院长组织对各基层法院上报的案例进行初评，将全市16个基层法院研究室主任召集在一起。

林副院长先做了个简短的讲话，强调该项工作的要求和重要性。当他看到统计表上数据显示，安都法院只报了两个案例，批评了安都法院："这次大多法院能按要求上报三个以上精品案例，怎么安都法院仅报了两个？这是什么工作态度！数量都保证不了，还能保证质量？我就不相信一个法院一年办两三千件案子，就挑选不出三个精品案例。"

林副院长这番话，让何主任听后脸红耳赤。

市中级人民法院从各基层法院上报的案例中，经初评，选出

20个上报省高级人民法院。所幸,何主任的这两个均通过初评。

何主任的这两篇案例还通过省高级人民法院复评,上报到了最高法。

年底,最高法评选出全国法院系统案件办得好、案例写得好、社会效果好的精品案例479篇,何主任的这两篇在终评中脱颖而出,一篇获二等奖,一篇获三等奖。

不久后,在全市法院研究室主任会上,市中级人民法院林副院长表扬了安都法院:"这次在全国法院精品案例评选中,安都法院为我市争得了荣誉,上报的两个案例均获奖。大家要向安都法院学习,端正工作作风,树立精品意识,报一个像一个,不像大多法院一样滥竽充数,应付了事。据我了解,年初我们全市初评上报的那20个案例除安都法院这两个,其余18个在省高级人民法院复评中都刷下来了。"

何主任听了此话,脸上淡然一笑。

宴　客

老潘遭遇了一场车祸,在县城的十多个学生都到医院看望他。

当年,老潘从师专毕业,分配在小松乡教初中语文,几年后,还当了班主任,带过一届学生。老潘是县城人,小松乡离县城远,20世纪90年代初,县里编撰县志,因老潘是学中文的,发过几篇豆腐块,文笔不错,老潘被选调至县史志,一直干到退休。毕竟只带过这一届学生,老潘对他们很有感情。这次出车祸,来医院看望他的,都是这个班上的学生。

最令老潘感动的是,他的得意门生、现任大学党委组织部部长的曾世兴,得知他因车祸住院手术,也专程从省城回来看望他,这给老潘长脸了,老潘心里暖融融的。

老潘当班主任三年,曾世兴也当班长三年。曾世兴品学兼优,深得老潘喜爱。曾世兴初中毕业时,老潘极力鼓励他报县城的重点高中,认为曾世兴报中专是浪费了人才。然而,曾世兴接到高中的录取通知书,正盼着去县城读书时,曾世兴做泥工的父亲在村中帮人建房出了事故,失脚从几米高的墙上摔下,当场死亡。曾世兴家人曾产生过让他放弃读高中的想法,是老潘找上曾世兴家,做通了曾世兴母亲和兄弟的工作。

曾世兴来县城读书时,刚好老潘调回县城工作。此后,老潘没少接济曾世兴。曾世兴考上大学后,每次往返学校路过县城,几乎都在老潘家落脚,参加工作后,曾世兴与老潘一直保持联系。

按照当地风俗，老潘康复出院，得请这些到医院探望他的学生吃顿饭，可老潘约了几次，数名同学都推脱有事，让他举棋不定。老潘做事追求圆满，他希望宴请同学们，大多都能到，最好是到齐，一个也不少。

后天是中秋节，明天开始放假。

这天，老潘接到曾世兴的电话。电话中，曾世兴称他准备回来陪老母亲过中秋，明天下午回县里后想先来拜访老潘。

老潘听后，决计明天晚上安排曾世兴吃晚饭。曾世兴推辞一番，还是被老潘说服。当然，老潘也对曾世兴说了，要请县里的那些同学一起来。曾世兴理解老潘，不过，他提醒老潘，叫老潘不要告诉同学们他回来了。老潘当然也明白，现在曾世兴的身份特殊，这个月初，他刚从大学交流到了省委组织部工作，担任分管人事的副部长。

二人言定后，老潘在餐馆订了个大包厢，又一一给各位同学打电话，还是众说纷纭，只有不到一半的同学应承下来。这次，老潘不再犹豫，果断定了下来。

妻子提醒老潘，担心定的包厢大了，问要不要换个小一点的。

老潘当即回答说，包厢大一点没关系，大家可以坐宽松点。还调侃说，人家世兴是厅级干部，包厢大一点才气派。

次日下午，曾世兴回到县城，径直找到老潘家。

让老潘意想不到的是，县委张书记、县委组织部刘部长也陪着曾世兴来了。

曾世兴解释说，书记、部长得知他要回来，早早在高速路口等他。

在老潘的邀请和曾世兴的劝说下，晚上，书记、部长陪曾世兴一起来到老潘预订的餐馆用餐。

同学们也陆陆续续来了，比老潘预想得要多。

宴席如期进行。开席不久,县政府段县长匆匆而来,向曾世兴解释说,下午来了拨客人,刚安顿好,一再向曾世兴称抱歉。

老潘仔细看了看,还有三名同学未到场。席间,又先后到了两个人。

晚餐气氛好,持续时间长。在晚宴即将结束时。同学刘平气喘吁吁进入,告诉大家他本来去乡下了,听说曾世兴回来了,马上赶过来。

一个也不少,老潘脸上虽荡漾着笑容,内心却充满了苦涩。

两张办公桌

局办公室添置了各种现代化办公设备后,局长便决定给办公室配置新办公桌,这样各种设备才更好摆放使用。

办公室就黄主任、老范、大刘三人,按照局长指示,购买三张可以放置电脑、打印机的新式办公桌。

大刘上个月换了新房,结婚时的那套两居室刚租给从乡下来的两个高中生,旧房仅有一张书桌,租房时大刘已承诺再添一张。

那三张办公桌是杉木的六斗桌,使用年份已久,却很结实,大刘想把自己这张淘汰下来的桌子搬到自己的旧房去用。

大刘私下把这事跟黄主任说了。

黄主任或许是在领导面前待的时间太久了,总是唯唯诺诺、谨小慎微。他推推眼镜又皱皱眉头,说:"啧,这是我们单位已登记造册的固定资产,搬回去不妥。"

"留在这里也没什么用!"大刘据理力争。

"要么你跟局长说说。"黄主任把大刘推给了局长。

"这事你完全可以做主,真没必要去找局长。"大刘说,显得很无奈。

"真有必要!"黄主任频频点头,看得出很认真。

大刘一气之下上楼来到局长办公室,向局长陈述了此事。

局长问:"你跟老黄说了吗?"

大刘说:"我跟黄主任说了,他叫我来找你。"

局长听后，叹道："这个老黄，再小的事都不肯做主。"

局长又问："老黄什么意见？"

大刘回答："他说这是单位的固定资产。"

"也是，这也的确算得上国有资产，要么我们开班子会时议一下。"局长就这样把大刘打发走了。

大刘下班后，来到旧货市场，只用了100元，就买回一张旧办公桌。

第二天，大刘上班时，发现堆放在走廊左角处的三张办公桌仅剩下两张，心里纳闷。

老范一到办公室，大刘就问："怎么放在走廊上的办公桌只有两张呢？"

老范也不遮掩："我昨天下班后，搬了一张回去。"

见大刘没有吱声，老范又解释说："近来老父亲腿脚不好，不愿上五楼跟我一起住，住进了一楼我的车库里，搬张桌子给他放东西。"

"那你跟黄主任说了吗？"大刘问。

"说什么？即使跟他说了，他也做不了主。"老范说。

大刘把自己昨天的遭遇跟老范说了，老范听后笑了，说："这种小事不要去说，越说越复杂。"

"也是。"大刘点头。

老范来劲了，劝大刘："下班后，你也放心搬张回去，我帮你。"

大刘说："昨天我已到旧货市场买了一张。"

大刘这么一说，老范便泄气了。

来年春，不知何事，局长亲自跑到楼下来了，见走廊一角放了两张旧办公桌，说："怎么把旧办公桌放在这走廊上？"

黄主任心领神会，马上叫来老范和大刘，二人很费力地把这两张办公桌搬进了会议室后面的一个角落。

　　两年后，局里换了新局长，新局长上任伊始，决定对会议室进行修缮装裱，看见会议室后面那两张办公桌，感到很不协调。已是办公室主任的老范吩咐大刘，大刘带人将这两张办公桌搬出办公大楼，放至大院停车棚一角。

　　转眼又过了五年，大刘已成老刘，当上了主任。局里又来了新局长，新局长目睹大院停车困难，提出要拆旧建新，建一个能升降车的现代停车场。

　　大刘组织人员清理堆放在停车棚里的杂物，发现了这两张久违的办公桌，因停车棚不是封闭的，两张办公桌放在那里，长年日晒雨淋，已显得很破旧。

　　大刘问："这办公桌谁要，要就搬回去。"

　　见没有人应承，他只好叫人找来一名搬运工，把它当作垃圾运走，花了60元运费。

会议通知

元旦过后,春节悄然临近。

周一上班,卢局长就把办公室江主任唤来:"周三没接到什么会议通知吧?"

江主任回道:"暂时还没有。"

卢局长便说:"那周三我们把年终总结表彰大会开了,你发个会议通知下去,局机关全体干部职工参会、乡镇站所长到会,各部门负责人对本部门工作在会上进行小结,发言控制在5分钟内,会议安排一天时间。"

卢局长交代完毕,江主任答:"好的。"转身离去。

江主任轻车熟路把会议通知拟好,发在局工作群里。

周二,正当江主任领着办公室几人,开始忙着做会议的各项准备工作时,省厅发来一份传真,通知在周三召开全省安全生产和应急管理视频会议。

江主任马上拿着省厅的会议通知找到卢局长,卢局长看了一眼,发话说:"安全生产无小事,你马上按省厅的要求把会议通知发下去,我们单位的大会就推至周四召开吧。"

然而,周三上午刚开完会,到了下班时间。办公室负责收发文件的小郑又匆匆忙忙给江主任递来一份传真:"这是明天部里的会议通知。"

江主任仔细看看,才知部里通知明天,也就是周四,召开全国党风廉政建设和反腐倡廉视频大会。

江主任急忙去找卢局长，卢局长刚关上办公室大门要走了。江主任简短跟卢局长汇报了部里会议通知内容，卢局长皱皱眉，说："年关将近，党风廉政建设和反腐败工作不能松懈。那明天就按部里的要求通知参会吧，我们单位的大会顺延至周五。"

事有凑巧，周四下午，市局办公室马主任亲自给江主任打来电话，告知周五召开系统全市干部大会，并称本来这个会早就想开，无奈部里、厅里、市委、市政府一直有会，市局严局长脱不开身。马主任还郑重提醒说："新上任的严局长很严厉。你们一定要注意会风会纪，给严局长留下一个好印象。"

卢局长去县里开会了，江主任只好拨通他的手机，汇报市局的会议通知，这次一向很有涵养的卢局长也忍不住火了，说："现在开通了视频，上面天天叫我们开会，我们基层自己开个会怎么就这么难！"

待卢局长发泄完，江主任嗫嚅着问："我们的会是否推迟到下周？"

卢局长说："下周一一天县里都有会，周二至周五县里又开两会，过了春节再说！"

江主任正欲挂电话时，那头又传来卢局长的指示："今后我们局里开大会，你们办公室先问问上面有没有会议安排。"

江主任摇摇头，心想：问市局倒可以，省厅和部里哪里问得到。

功德碑

小埠村是大埠镇新农村建设示范点。

小埠村邻圩镇,又位于县城通往省、市的国道旁,因而大埠镇党委的确花了些心思,精心打造这个示范点。由于党委的重视,小埠村不仅成了大埠镇的新农村建设示范点,也成了全县新农村建设的精品点。各地前来参观、学习者真可谓是络绎不绝。紧接着,小埠村又上报为全市及全省的新农村建设精品村。

以小埠村为示范点,带动了全镇十多个新农村建设点。大埠镇因新农村建设工作卓有成效,得到上级领导充分肯定。书记到邻县当了副县长,不久,镇长也去另一个镇当上了镇委书记。

书记、镇长都走了,丢下了很多未解决的事。

承包小埠村环村公路硬化的刘福老板也是小埠村人,当初书记、镇长要他带资硬化环村公路,并承诺工程一经验收,付清所有的工程款,可是工程验收至今半年多了,还有十余万元工程款未付。刘福找到新来的书记、镇长,他们都一再推托,分文未给,并称镇里在前期新农村建设投入过大,已负债累累,严重影响了镇政府的正常运转。他几经讨要,都没有得到准确答复。

要知道,倘若这十几万元钱要不到,刘福做这个工程几乎是白做了,还要倒贴不少,虽然刘福是个大老板,但也不能做这样的亏本生意。

市里将组织各市、县领导参观小埠村的新农村建设,镇里提前几天就组织镇、村干部清扫垃圾，准备迎接参观。

刘福得知此事后，扬言要挖掉一段路来，以抵偿所欠的工程款。

刘能是个老主任，听说刘福要做糊涂事，找到刘福家。

见到刘能主任来了，刘福更起劲了，满腹牢骚，拿起锄头就要出门了。

刘能拦住刘福，称："你这样做损人不利己，你中标承包的县廉租房工程马上就要开工了，你是县里有名的大老板，怎么也得注意自己的形象。"

刘福觉得刘能的话有道理，软了下来，叹息道："看来这十来万工程款没什么希望了。"

其实刘福也是个乐施善举的人，前些年，村里建桥，在刘能主任的带动下，刘福捐了三万元，被全镇传为佳话。

见刘福低头叹息，刘能便启发他说："你现在是大老板了，十几万元对你来说是小菜一碟，要是镇里面赖着不付，何不做个顺水人情，就算捐给村里修路，我还可以给你立个功德碑呢。"

听长辈刘能这么一说，刘福苦笑一声，算是同意。

刘能主任当即嘱咐人在村头路口旁立了一功德碑，上书刘福支援村里新农村建设，捐款十余万元修环村公路。

市参观团来到村里，看到功德碑，书记、镇长特意介绍说："我们不拘一格，发挥各方积极性，有钱捐钱，有力出力，共同建设美好新家园。"

随行的记者记下了书记、镇长的话，第二天，刘福的事就上了报，发挥各村能人的作用成为做好新农村建设的一个成功经验。

出名后的刘福接着又当选为县政协委员，如今的他事事做表率、乐善好施，每年都要拿出点钱来做些慈善事业。

捐　款

刘江英年早逝，妻子美兰就像天塌下来了。大儿子永健高中尚未毕业，放开二胎生的小儿子永康还在读小学一年级呢。美兰从企业下岗后，在超市收银，月工资不足3000元。

宋伟与刘江是大学同学，毕业后又同时分在县发改委，关系非同一般，宋伟非常关注美兰他们。

来年夏天，得知永健考上大学，宋伟主动找上门，给美兰送上3000元，美兰感动得泪眼婆娑。

美兰找到刘江生前所在单位的汤主任，恳请给予帮助，汤主任摇摇头，感觉不好办。

汤主任刚补选为县政协副主席，心情舒畅，答复说："单位补助，好像找不到由头。这样吧，毕竟刘江在我们单位工作多年，儿子考上大学又是好事，我带领号召大家来捐点款。"

汤主任没有食言，几天后，单位开完会，汤主任说了这个事情，强调说："希望大家能够发扬风格，我建议处级干部不少于300元，科级干部不少于200元，一般科员就100元以上吧。到时，我们还要张榜公布。"

说完，汤主任当即从口袋里掏出三张百元钞票交给办公室曾主任。大家纷纷响应，主动捐款。

发改委人员不多，汤主任已挂上县政协副主席头衔，算是副处级干部了，有两个副主任系科级干部，其他16人那都属于一般科员。既然汤主任定了调，大家就遵照落实。

曾主任收完捐款，清点了共收到2200元。曾主任把捐款名单、金额送给汤主任过目，请示张榜公布。

汤主任很细心，一看就发现了问题，问："怎么宋伟没捐，他俩可是大学同学！"

"宋伟去市里出差了。"曾主任解释说。

汤主任指示："那等他回来你告诉他。"

曾主任点头道："好的。"

宋伟回来，曾主任找上他们，传达汤主任的指示精神。

宋伟一听，脱口而出："你们才捐100元？"

曾主任便说："100元是少了，但领导定了调，我们也不能乱。"

"也是。"宋伟说。

曾主任就问："你想出多少？"

宋伟说："我已送去了3000元。"

听宋伟这一声，曾主任竖起大拇指为其点赞。

回到家，宋伟又跟妻子商量，说："我们单位组织给美兰家捐款，我是不是应该按单位要求再捐上100元。"

妻子说："你已给了3000元，没必要再出这100元了。再说，前几天，你们几个大学同学来看望美兰一家，你请他们吃饭又花了我们600元。"

宋伟问："那单位登记公布捐款，我怎么办？"

妻子说："你就告诉曾主任，你已捐了3000元。"

宋伟如实相告，曾主任也认了账。

曾主任加上宋伟的名字和捐款金额再次找到汤主任，汤主任看到大家捐款金额加起来还没有宋伟一个人的多，提示曾主任："你找时间把钱送给刘江的爱人，我看大家都捐了，就没必要张榜了。"

第四章

人间万象

风　骨

这年冬，安中县作协召开年会，县委宣传部刚上任的华部长应邀亲临指导。

会前，县作协高主席向华部长一一介绍了与会的县内主要作者。得知参会者中国家级会员有4人，其余大多为省级会员，华部长频频点头。华部长来安中前，在安阳当副县长，分管教育文化，据他了解，安阳不要说国家级会员，就是省级会员也是屈指可数。

有一名满头银发的长者，不卑不亢，站在会议室后面，高主席是最后向华部长做介绍的："这是我们的郑老师，是县一中的退休老师。"

华部长笑着与郑老师握手，和蔼地说："老人家，你好！"

高主席没有像介绍其他人员那样，介绍郑老师是哪一级会员，华部长就猜郑老师应该是属于老年大学文史班的那些老年人，有一点文化功底，退休后喜欢写写回忆录、打油诗，自娱自乐的。

华部长为证实自己的判断，问身边的高主席："郑老师属于哪一级作协会员？"

高主席回道："他没有加入各级作协。"

华部长感到自己的判断没错，对高主席说："老人家这么大的年龄还坚持文学创作，精神可嘉，我看可以考虑吸收为县作协会员，鼓励鼓励。"

听华部长这么一说，高主席满脸绯红，赶紧解释说："郑老师可是我们县的文学领军人物，我们这些在座的创作上都是他的学生，论成果他早就可以加入各级作协！"

"哦……"华部长又连连点头。

华部长面前摆放了两份会议资料，一份是县作协的年度工作总结，他无心阅读；另一份是一年来会员在上级报刊发文统计，他仔细看了，发现这个叫郑文豪的老师发表文章最多，小说、散文、诗歌都有，发文的档次也高，不乏国家级大刊物，敬佩之情油然而生。

出了这一插曲，华部长对这个年会已是索然无味，倒是对这位郑老师来了兴趣。

华部长瞅准机会，跟高主席进行了私聊，对郑老师做了初步了解。

郑老师在20世纪60年代末就出道了，还在读高中的他就开始文学创作，并发表文章，且一发不可收，从未中断过。文学创作给郑老师带来了不少甜头，毕业返乡，先是大队书记让他去村完小当民办教师，后来公社书记慧眼识珠，又将他调进公社文化站。高考制度恢复后，凭借其扎实的文化功底，他如愿考入省师范学院中文系，毕业后，分配在县一中教语文。

那时，小小的安中县就没听说过几个搞文学创作的，更不要说能发表文章的，郑老师成了县里的香饽饽。县文化馆进行业余作者培训，都会聘请郑老师去上课，谈创作体会。参加培训的学员不管年龄大小，都尊称其为老师，当然，这里是特指创作的老师。

郑老师热心又细心，乐于帮助县里的那些文学爱好者，但凡找他请教的，他定会耐心进行解答。高主席师范刚毕业时，在村中教小学，爱好文学的他曾慕名写信给郑老师，请郑老师指导他的文学作品，郑老师不但对他作品进行了修改，还进行了认真点评，给予他很大的鼓励。要说县内这些作者，没几人没有得到过郑老师的指导和帮助。

郑老师低调，一直把自己定位于业余作者，把文学创作作为自己的一个业余爱好，陶冶情操、自娱自乐。虽创作成果颇丰，他从不愿申请加入各级作协，自己在校教书育人，教学任务重，担心人家说他不务正业。退休后，淡泊名利的他，就更不愿加入各级作协了。

高主席简单介绍了郑老师的情况，华部长再次点头示意。

会后，安排了一个工作餐，华部长特意把郑老师拉过来，坐在身边，嘘寒问暖，关怀备至。

席间，以茶代酒，你来我往，热闹非凡。

高主席敬过华部长后敬郑老师，道出了他的肺腑之言："感谢郑老师这么多年来对我的关心，没有您的帮助，就没有我高某人的今天！"

郑老师谦虚地说："你言过了，这都是你个人努力的结果。"

随后，高主席又郑重对华部长说："华部长，郑老师是我们安中公认的文学泰斗，我在这里可以负责任地说，目前，我们县的作者文学造诣及创作成果还没有谁能超越他！"

华部长为郑老师竖起了大拇指。

华部长鼓励郑老师说："郑老师，明年你也一步到位，争取加入中国作协。"

郑老师说："我已年逾七十，还要这种虚名干什么？只要文思不枯竭，每年能写出点文章，发表几篇，就很欣慰了。"

华部长说："你看，像高主席这样，你一个个弟子，都已是国家级、省级会员了，你应该也很有成就感吧！"

郑老师说:"那是肯定的。不过,对于从事文学创作的人来说,加入各级作协不是终极目标,而是应笔耕不辍,致力于创作出更优秀的文学作品。"

华部长说:"你说得很正确!"

郑老师说:"现在有个不好的倾向,一些作者进行文学创作,好像就是为了加入各级作协,一旦达到目的,就搁笔不写了,这很不好。"

华部长说:"此风不可长!"

言毕,华部长拿出手机加了郑老师的微信,郑老师向华部长声明说:"我很少用微信,现在在创作群,一些作者不管在哪里发篇文章都喜欢晒在群里,随后满屏是一个个大拇指点赞,接着作者又抱拳一个个答谢,真无聊!"

华部长说:"所以你选择不发声!"

郑老师说:"是的。"

初次接触郑老师,华部长便受益匪浅、感悟颇深,他想找机会一定得跟县里的这些作家说说,让他们好好地向郑老师学习,学习郑老师的为人、为文,像郑老师那样,既有文人的才气,又要有文人的风骨。

智 者

　　参加完丁浩强的遗体告别仪式，张文春的心情一直很沉重。

　　雪梅是极力反对丈夫文春参加这个遗体告别仪式，这次文春没有听妻子的。自得知浩强去世的消息，文春心里隐隐约约就感到难过。毕竟自己与浩强是相识几十年的老同学、老同事，还有浩强走得太早了，才刚满六十。

　　文春与浩强是很有缘的，二人是高中的同班同学，文春内敛聪明，浩强活泼好动；浩强在班上人缘比文春好，不过，学习成绩就没法跟文春相比。高中毕业，文春考入省中医学院，浩强则考入省卫校。

　　浩强在卫校读的是药剂班，学完二年卫校，分配在县中医院中药房。待文春在中医学院中医专业学完五年毕业，来到县中医院工作时，浩强算是中医院的老干部了，也从中药房调到了院办公室，浩强给刚参加工作的文春给予了不少的关照。

　　文春文静稳重，中医这一职业最适合他，他勤奋爱钻研，渐渐地，在县城名气越来越大。自中医院那个退休的老中医郑老去世后，县里的那些县领导及其家属身体不适，都唤文春上门号脉调理。

　　县中医院学中医的本科生只有几个人，文春脱颖而出，进步很快，参加工作后，从一般医师到中医科副主任、主任，再到副院长，仅用了十来年时间，令人羡慕。

有领导看好文春,把文春调至县卫生局当副局长,虽然文春很不情愿。领导是有战略眼光的,县卫生局局长快到龄了,领导准备让文春取而代之。

浩强比文春更早调到卫生局,还是干办公室这一老本行。

在卫生局当副局长,天天开会、看文件、下乡检查,文春很不适应,没有号脉看病,他心里空落落的,他也担心荒废了自己的医术。

仅在卫生局待了一年多,文春就开始向领导要求回中医院。

强扭的瓜不甜,领导无奈,只好把文春安排回中医院当院长,中医院院长去县医院当院长,县医院院长去卫生局当局长。这次,作为卫生局办公室主任的浩强也被提拔为副局长。

当上院长的文春不揽权、很洒脱,院领导分工时,他表示自己主持医院全面工作,把人事、财务、医疗、总务等各项具体工作均分配给五个副院长。此后,文春仅对院里的各项工作,定期进行调度、检查、督促,一有时间他就来门诊坐诊看病,好评如云。几个副院长得到院长的信任,更是干劲十足。

文春院长公而忘私、率先垂范,全院上下齐心、政令畅通,中医院迎来了发展的黄金时期。

这一年,有消息称,县中医院也要实行党委领导下的院长负责制,意思是医院马上要配备党委书记。大家都认为文春院长当书记是别无他选,让文春院长当书记为全院掌舵,全院职工是再放心不过了。

然而,有消息灵通人士打探到,浩强副局长准备回中医院当书记,便提醒文春院长不要掉以轻心,该活动活动,文春院长只一笑了之。

县里对这二人谁当书记是有争执的,有领导称:"丁浩强第一学历只是中专,让他去中医院这样人才济济的地方当一把手,可能很难服众，还是由张文春主持工作稳妥些。"

这话不知怎么传到浩强耳朵里去了，他揣测是文春在领导那里挤对他说的话，不由怒火中烧。

这完全冤枉文春了，妻子雪梅和不少好心人是极力劝说过文春去找领导、活动一下，文春是从未所动，付诸行动。

浩强经过一番不懈努力，如愿以偿了。结果一出，文春多少还是有点失落，不过，他很快把心态调整过来，准备今后全力以赴搞业务。

浩强与文春领导风格迥异，浩强大权在握、事必躬亲。浩强因这次职务调整与文春产生了隔阂，他把文春作为自己的劲敌，排挤他、提防他。

雪梅在家总是埋怨文春，文春在医院却顿觉轻松自如，不再主持工作后，他大多时间都已在临床一线了，做他喜欢做的事情。偶尔有人来请示汇报工作，他便做甩手掌柜，回答说："我说话不中用，你们有事去找书记。"慢慢地，大家都不找他了。

浩强为中医院操碎了心。一天中午，文春在医院食堂吃饭，听几个同事议论说书记来中医院后，工作压力大，得高血压了，特别是一上班，琐事缠身，应酬不断，导致血压飙升，下班后，才稍好些。

文春听后，笑了笑。怪不得，自己好几次见到护士长拿着血压器到他的办公室去呢。

文春觉得浩强是急火攻心造成的血压飙升，需调整好心态，静养数日，清淡饮食，戒烟戒酒。浩强是不可能找文春给他看的，文春也不可能主动提出为浩强把脉治疗。

作为老同学、老同事，文春曾有几次想劝劝浩强，自己在临床一线这么多年，看过很多类似病例，有经验、有办法，可是他又想自己的话人家会听吗？很快就打消了这个念头。

血压居高不下，吃药控制不了，浩强还住院治疗了好几次，效果都不明显。即使在中医院住院治疗，浩强也难得清静，往往是病房成了办公室，找他汇报工作的也络绎不绝，毕竟，院里的工作都必须由浩强把关定夺。

有人实名举报了浩强在采购药品器材时收受巨额回扣，浩强被纪委的人传去了。刚到纪委，还没落座，便出事了，浩强脑出血，昏迷过去。

中医院120救护车迅速赶来，经及时抢救，浩强的性命保住了，头脑却不再清醒，说话变口吃了。他逃脱了法律的追究，也退出了领导岗位。

转眼间，文春与浩强都退休了。文春退休后，中医院开出优厚条件返聘他继续坐诊。浩强在家人照顾下，浑浑噩噩过了这么些年，没想到，刚办下退休手续，再次脑出血，早早离开人世。

冷　遇

春生打电话给国华，叫国华明天中午一起吃饭。

国华便问春生，有什么好事？

春生说，原在供销社的同事宝平夫妇从北京回来了。

国华与春生是发小，在小镇黄溪，是小学、初中的同班同学。虽二人成绩不一，却并未影响彼此之间的友谊。初中毕业，国华考上了位于县城的安都一中；春生没考上高中，顶了父亲的职，成为一名供销社职工，与宝平夫妇成了同事。

春生与宝平夫妇都没逃过下岗的命运。供销社改制后，宝平夫妇外出打工了；春生在自己店门口开副食南杂店，后又在黄溪率先开了家小超市，如今在县城都有两个大超市，赚得盆满钵满。国华高中毕业，考上了省城的师范大学，毕业后回到母校安都一中教书。在县城，国华与春生走得最近。

岁月是一把无情的刀，催人老去，让人遗忘。毕竟过去快40年了，大概春生已忘记了国华与宝平夫妇的那种关系。

国华的母亲做保姆，帮人带小孩。宝平的老婆春兰是国华的母亲从小带大的，国华的母亲心善，待他人的小孩如同己出，在小镇口碑极好。春兰嫁给宝平，生下女儿凤梅后，也将凤梅白天交给国华的母亲照看。凤梅是国华看着长大的，国华还在家时经常抱她、逗她玩。

国华外出读书，参加工作后，就很少见到春兰母女二人了。

凤梅读书后，成绩出众，高中毕业考上了北京的一所全国重点大学，大学毕业又在北京找了份外企的工作，听说年薪很高。凤梅在北京扎稳了脚，把宝平夫妇也接去北京，安定下来。

记得凤梅考上大学那年，回到老家黄溪。凤梅懂事，来到国华家，看望了国华的母亲。国华的母亲听说凤梅考上了北京的大学，甭提有多高兴了，直夸凤梅没有出息。国华的母亲倾囊而出，给了凤梅整整100元钱，说凤梅去北京花销大，给她读书用。100元在那时可不是个小数目，相当于那些普通工薪阶层近半个月工资。

凤梅嘴甜，对国华的母亲说，将来她参加工作了，带奶奶去北京玩。

国华母亲听了此话，像喝了蜂蜜一样笑得合不拢嘴，唠叨了好些天。

这次，是国华和母亲见过凤梅最后的一面。

国华重感情。听春生称宝平夫妇回来了，便对春生说，如果明天晚上宝平夫妇有时间，我请他们吃顿饭。

春生便问，怎么你也请？

国华说，你忘了吧，春兰和凤梅小时候都是我妈妈带的。当年我叫春兰姐姐，凤梅叫我舅舅。

春生恍然大悟，我记起来了，在黄溪读书时，我来你家玩，还经常见你抱小凤梅呢，那你也应该请！

第二天中午，国华如约而至，早早来到客满红酒楼，他想见到宝平夫妇，可以叙叙旧。

春生请来了在黄溪供销社工作时的同事，还有昔日黄溪读书时的同学，有十来人，这些国华都熟悉。

宝平夫妇姗姗来迟，大家直接进入了饭局。其间，互相嘘寒问暖问过近况后，便聊些在黄溪时的往事，随后又一一敬酒。

饭局快要结束时，国华端起酒杯来到宝平夫妇面前，想表达彼此间的特殊感情，再请他们晚上用餐。

国华与宝平夫妇寒暄几句后，春兰问国华，你妈妈的身体还好吗？找时间我要去看看她。

春兰这一说，国华心一下子凉了，脸色变了。他一饮而尽，什么话也没说，退了回去。

在国华印象中，母亲对她所带的每个小孩，都倾其所有感情。这些小孩长大后，与国华家像亲戚般都有来有往。

宝平夫妇虽去了北京，黄溪毕竟是他们的老家，在老家还有他们的亲人。间或，宝平夫妇也会回黄溪的。不过宝平夫妇回黄溪，从未到过国华家看望国华的母亲。国华的舅舅，与国华家同住黄溪那条老街，相距不过50米。有一年，国华母亲听说宝平夫妇回来，在宝平舅舅家。国华母亲便想找上门去，看一看春兰，被国华父亲给吆喝住了。

在国华的父亲看来，人家大老远回来了，都不来看母亲，母亲作为长辈哪有去看望晚辈的道理。国华父亲是农民，出身卑微，却很有骨气。

国华母亲便认为宝平夫妇小气，怕上门来要买东西。

国华母亲去世时，那些她带过的小孩得知后，几乎都来了，吊唁她，给她送了最后一程。当然，远在北京的春兰母女肯定不知，倘若她们知道了，国华认为也不大可能回来。

几年前，国华父亲去世，国华回黄溪处理父亲的后事，在小街上偶遇宝平。

宝平是一个人回来的，他舅舅比国华父亲早一天去世，他是回来奔丧的。

宝平看到戴了黑袖章的国华，知道国华父亲也去世了。宝平随国华来为国华父亲上了三炷香，坐了几分钟，看到墙上国华母亲的遗照，问国华，阿姨哪一年走的？

国华说，有两年多了。

宝平问，有多大年龄？

国华答，有 91 岁。

宝平说，阿姨心肠好，高寿。

在国华看来，春兰是不可能不知道他母亲也去世了，那她怎么会说这种话呢？

国华没有请宝平夫妇吃晚饭。

晚上，国华只邀请了春生和几个同学小聚，国华私下里跟春生说了他的看法，得到春生的认可。

冷　冬

赵老师妻子刚去世，前来给他说媒者便接踵而至，毕竟赵老师还不老，才七十出头。

赵老师的五个儿女一致反对父亲续弦。有的人说是赵老师的儿女们对去世的母亲有感情，父亲接纳其他女人回来他们难以接受，也是父亲对母亲的不忠。当然，更多的人认为是其儿女们担心到时分了家中的财产，继母与儿女们争夺财产的事情在这个地方频频发生，儿女们早已有所耳闻，由此倍加警惕。赵老师是地道的县城人，在县城中心有一栋单家独院的房子，现在可是价格不菲。

在介绍的这些女人当中，赵老师本来相中了那个刘婶。刘婶尚未满六十，模样周正，身体硬朗。她早年丧夫，一个人靠在医院做护工把三个儿子拉扯大。赵老师是有一次在医院住院认识她的，当时儿女在外工作都忙，刘婶是医院护士给他介绍过来的护工。刘婶认真负责，把他照料得非常细心，使他很快得到康复。说来凑巧，赵老师已故的妻子也姓刘，与刘婶娘家还是同一个村的，赵老师由此对刘婶更多了一份好感和信任。刘婶自己没读过书，喜欢读书人，知书达理，她觉得赵老师有文化，又善良，是个好人。短短的几天接触，彼此给对方都留下了很好的印象。当有人向赵老师提起刘婶，赵老师心动了，心想：倘若把自己剩下的日子托付给她，肯定会幸福的。

赵老师把自己的想法跟儿女们说了，没有一个人支持他。

虽然他们的母亲也是从乡下来的，但他们压根儿看不起从乡下来的刘婶，提醒父亲小心上当受骗，到时来争夺家产而把整个家闹得鸡犬不宁。

众怒难犯，赵老师渐渐地放弃了续弦的想法。当然，随着赵老师年龄增大，身体日益衰老，儿女们提出给他请保姆。赵老师想起了刘婶，因有前面那个说媒之事，遭到儿女们的再次反对。

听说退休的陈校长丧偶后去了县里的养老院，有人照料，又有老人伴，过得有滋有味。赵老师决计也上养老院，儿女们如释重负，都表示同意。

来到养老院，赵老师意外地看到了刘婶。刘婶年初来的，她年逾六十后，就没有在医院做护工了，她不乐意来回折腾，轮流跟三个儿子生活，便选择上养老院生活，她说自己做护工攒下了一点钱，又有农民保险，只要身体好，养老不成问题。

养老院郭院长热心，喜欢给来的老人拉郎配，让一男一女组合，互相照顾。

不久，郭院长找赵老师和刘婶说了，郭院长不知赵老师和刘婶曾有的姻缘，顺利把他们撮合在一起。

二人同居一室是幸福的，嘘寒问暖，相敬如宾，彼此都感到人生迎来又一个春天。刘婶手脚麻利，洗衣打饭、室内卫生几乎全她包了。赵老师闲时看看书报，给刘婶讲外面发生的事情，讲一两个刘婶爱听的故事。二人不是夫妻，胜似夫妻。偶尔，他们的子女来探望，看到他们住在一起的，都会流露出不屑的眼神，并不影响他们之间的真挚感情。

赵老师身体每况愈下，多亏有刘婶的细心照顾和护理。

那是冬天的一个深夜，雪下得很大，风刮得很紧，天气异常寒冷，赵老师的哮喘病又患了，猛烈的喘息使刘婶也无计可施，手忙脚乱。赵老师还是没喘过气来，在刘婶怀里永远睡着了。本来几天前，刘婶就提出要去给赵老师买氧气袋的，赵老师不让，这成为刘婶多年的心病。

赵老师的儿女回来了，按照赵老师生前的吩咐，刘婶把一个手提包交给老大，里面是赵老师尚未用完的五千多元现金、四个存折，还有赵老师写的一份遗书。四个存折共有三十多万元存款，遗书上记下了每个存折密码和金额，特意交代给刘婶十万元。

处理完后事，赵老师的两个儿子找到刘婶，拿给刘婶两万元现金，刘婶摇头，默不作声。

兄弟俩认为刘婶嫌钱少了。

老大性急，责问刘婶："你想要多少？"

刘婶道："我一分钱都不要！"

两瓶霉豆腐

庆林带母亲去上海治病,母亲特意交代他捎上两瓶霉豆腐。这霉豆腐不是自己吃的,是送给上海一个叫灵凤的女人的。

在庆林刚懂事时,村里来了一拨上海知青,有十多人。那些男知青都安顿在队部,庆林家离队部近,房屋宽敞,灵凤和另一个叫秋云的人便搭在庆林家,二人共住一个房间。父母只有庆林一个男孩,他们待灵凤和秋云如自己的亲闺女,特别是母亲,看到灵凤、秋云,总是满脸笑容、有说有笑。

父亲是做豆腐卖的。母亲手巧,每年都要做好多霉豆腐,除给自己吃外,还会馈送亲戚。她做的霉豆腐美味可口,特别好下饭。

灵凤是上海人不吃辣,母亲第一次让她品尝,她皱着眉,问母亲,这能吃吗?用筷子蘸了一点,眯眼用嘴舔舔,直称辣。

秋云不是地道的上海人,她父亲是南下到上海的,性格开朗、特爱吃辣。她一吃就喜欢上了,直夸这东西好下饭,吃后令人回味无穷、唇齿留香。

母亲把这两个闺女也当成自己的亲戚一样。这年冬,做好霉豆腐后,一人两瓶送给她们,尽管灵凤说她不吃这东西。

生活的艰辛、物质的匮乏、劳作的辛苦,渐渐地把灵凤这位上海姑娘也改造过来了。吃东西她不再挑三拣四,她就着母亲给的霉豆腐,可以狼吞虎咽吃下几碗饭。

灵凤和秋云在村中待了5年，母亲给了她们5年的霉豆腐。

那年，国家恢复高考。秋云如愿考上了上海的大学，落榜后的灵凤凭着她漂亮的脸蛋嫁给了一县领导的儿子，进城被安排在县公安局工作。

两个闺女离开时，都抱着母亲久久不愿放开，哭泣着说，永远不会忘记庆林一家人，永远不会忘记母亲，还有母亲做的霉豆腐。

秋云走后，常给母亲写信，母亲不识字，来信都是庆林或父亲给她读。遇上他俩不在家，母亲便迫不及待拿着信找村中识字的人给她念，脸上挂满了喜悦。逢年过节，秋云还会给庆林家寄点小礼物，都是村中看不到的东西。这一点，灵凤是不如秋云的。

灵凤离开村子后，杳无音信。庆林考上师范，母亲交代他去县城读书后，帮她打听一下，看看灵凤是回上海了，还是留在县城。

得知灵凤没回上海，庆林师范三年，母亲每年都为她准备两瓶霉豆腐，要庆林带给她。

有一年冬天，乡里发生了一起命案，县公安局来了很多人。母亲听说灵凤也来了，非要庆林带她去找灵凤。庆林陪母亲来到乡政府大院，问了一个穿警服的，回答说灵凤昨天回去了。母亲责怪自己来迟了，她把手上提的两瓶霉豆腐交给这位警察，托他交给灵凤。这位警察直夸灵凤群众基础好，离开这里这么多年了，还有群众惦记她。

后来灵凤也回上海了，从此，与庆林家就彻底断了联系。

秋云倒是回过村里一次，与她丈夫一起来的，是假期旅游绕道而来的，给庆林家买来了很多东西，秋云得到了两瓶她心仪的霉豆腐。

没想到，这是庆林一家人与秋云见的最后一面。旅游回上海途中，夫妻俩遭遇了车祸，秋云丧生，她丈夫也受了重伤。

秋云丈夫康复后，写信告诉了庆林一家人。庆林母亲以泪洗面，难过了很长一段时间。此后，母亲在家经常念叨已故的秋云，却从未听她说起灵凤。

庆林父亲走后，家中不再做豆腐卖。每年冬，庆林母亲会硬撑着做一次豆腐，准备她做霉豆腐所用。

这年冬，庆林发现年迈的母亲日渐消瘦、胃口不好，还有恶心、腹痛的症状。在庆林一再劝说下，母亲来到县医院进行了检查，结果让庆林难以接受，医师告诉他，母亲得的是胃癌，建议带到大医院去治疗。

不管想什么办法，庆林也难以说服母亲去城里大医院治疗的。正当庆林无计可施时，病中的母亲说起了已故的秋云，随后，又牵挂起了灵凤，埋怨灵凤一走了之，没了音信。庆林当即计上心来。

庆林小心地哄母亲，提出带母亲去上海玩，可以去看看灵凤，顺便做个小手术，把病治好。

母亲不信庆林，庆林对母亲说，灵凤的小姑子在教育局工作，他认识，可以要到灵凤的电话。

母亲听信庆林，收拾东西启程时，不忘为灵凤准备好两瓶霉豆腐。

母子二人匆匆来到上海，母亲便催庆林给灵凤打电话，把霉豆腐给她。庆林便安慰母亲，在医院安顿好后，再与灵凤联系。

庆林来到预约好的医院，想早点往大厅窗口办理有关手续。庆林在大厅与一女人擦肩而过，他看着眼熟，似曾相识。仔细一看，没错，是灵凤！虽多年未曾谋面，庆林还是肯定他的判断。

"灵凤姐！"庆林大叫一声。

听到庆林的叫声，女人反转头来。

"你是？"

"我是水溪村的郭庆林！"

"是庆林。"

庆林连连点头。

"来这里干什么？"

"带我母亲来治病。"

"什么病？"

"听县医院的医师说是胃癌。"

灵凤解释说："我今天要体检，抽不出空，找时间我会来看看阿姨。"

庆林还未来得及告诉灵凤给她捎来了两瓶霉豆腐，灵凤已转身离去。

望着这女子的背影，庆林不由摇了摇头。

虽母亲不断催促，庆林还是没有拨打灵凤的电话。

医院食堂的菜没辣，不合庆林的胃口。几天后，庆林打开带来的霉豆腐吃。母亲发现后，阻止他、责怪他。

庆林已断定灵凤不会来医院与他们母子见面，他对母亲说谎了，告诉母亲前几天与灵凤家人联系上了，灵凤去年因患癌症去世了。这几天，他没对母亲说，是担心母亲伤心。

母亲没有流泪，看得出，她真的不难过。

母亲又开始唠唠叨叨，说起秋云。在她想象中，倘若秋云还在，知道她来上海治病，一定会来看她，给她买好吃的东西。对灵凤她只字未提。

母亲的手术不是很理想。医师提醒过庆林，母亲已是胃癌晚期，建议保守治疗，是庆林坚持要做的。

庆林知道母亲在世的日子不多了。

母亲出院时，带去的两瓶霉豆腐庆林已吃得差不多了，两个空瓶子他也舍不得扔掉。他想，这应该是他吃的母亲做的最后两瓶霉豆腐。

托 付

在铜矿办公大楼办好退休手续后,老田便开始在矿区溜达,在这里工作了四十多年,当初天天盼着离开,调回城里,如今真要离开了,却是那样的恋恋不舍。

下午还有件事要办,老田打算在矿区住最后一个晚上,明天早餐后,再坐车回县城。

冬日明媚的阳光照在身上,暖融融的,惬意极了,走在矿区一条条熟悉的道路上,老田浮想联翩,往事不断在脑海中回放。

老田清楚地记得,那年他高中毕业,刚满18周岁,市里招工,他有幸被选上,却分配到这个离市里有二百多公里的黄岭铜矿。与他一起从市里来到黄岭铜矿的共有13人,老田的年龄最小,个头又小,大家把他当成一个娃娃,对他关爱有加。他们当中年龄最大的要数老莫,当时就已25岁,还成家了。

当年矿区虽也热闹,可毕竟是山里,远离市里,离县城也有三十多公里。待来时的新鲜感过后,这些在城市里长大的年轻人都倍感寂寞、无聊,盼着能早日调出去。大家各显神通,那些年先后有7人调走了,直到近十年来,剩下的几位就不想再折腾,盼着早点退休。

有一位年长老田两岁叫康平华的人却只能长眠在此。康平华在一次下井时,出了事故,以身殉职,年仅27岁。老田与康平华年龄相仿,在市里住在同一条街上,读书时在同一个学校,相识最早，在矿区两人最聊得来。

最后留在铜矿等着退休的就只有老大哥老莫和老田等6人。老莫年长，也真正像个老大哥，给大家做了表率，吃苦在前、享受在后，事事为他人着想。近年来，在老莫的组织下，6人经常聚在一起。

吃过午饭，老田没有休息，买好东西，径直来到康平华墓地。老田在墓前空地上坐下，想最后陪陪康平华。康平华没有子嗣，他死时已处好了对象，正准备结婚。康平华死后，每年清明，老田都会来给他扫墓。

老莫到龄要退休了，老田有种怅然若失之感。老田重感情，在老莫离开矿区的头一天晚上，他将大家请到矿区最好的餐馆，开怀畅饮，喝得酩酊大醉。老田想自己最小，将最后一个离开矿区，他打算以后每个兄弟退休离开矿区时，自己都设宴为他们饯行。

当然，老田没有食言，这些年几个兄弟退休，他都这样做了。

老田在墓前正陪康平华说着话，他的手机响了。

老田接通手机，才知是矿长打来的。

矿长问："老田，你在哪？"

老田答："我在山上一个兄弟的墓地那里。"

矿长又问："老田，你还没有离开矿区吧？"

老田答："还没有。"

矿长说："这就好！"

老田问："怎么了？"

矿长说："晚上你到矿上那个金辉餐馆来吃饭。"

老田又问："怎么了？"

矿长说："我现在忙，没时间跟你解释，晚上你必须来，来了就知道。"

矿长挂了电话，老田心里却很纳闷，心想：矿里经济效益差，这些年职工们退休不是不举行任何欢送仪式了吗，难道矿长个人请客，这不可能！

晚上，老田早早来到金辉餐馆，服务员把他带到1号包厢。

等了近半个小时，矿长带着三个人来了，有二人是前几年退休住在县城的老黄和老高，另一人老田看着有点面熟，似曾相识。

矿长向老田介绍说："这是我们县里新来的莫凡副县长！"

莫凡副县长向老田伸出双手，与老田紧紧相握，自我介绍说："我是莫红军的儿子。"

老田恍然大悟。

席间，莫凡告诉大家，他父亲这个月初因肺癌去世了，他说："家父临终前，得知我会来县里工作，非常高兴，特交代我到了县里，要来看望你们几个在矿上一起摸爬滚打、同事那么多年你的兄弟，还称老田年龄最小，一起来矿上的兄弟他最后一个退休，特意托付我，要求我在老田退休时，来矿上为老田饯行。前几天刚来县里，我忙得脱不开身，今天来得很及时。"

忽闻莫红军大哥因患肝癌去世，几个兄弟都很难过，酒也喝不起来。

席间，莫凡还对老田说："田叔，家父临终前头脑一直很清醒，他告诉我你是这个月底退休，还记住了你农历的生日。"

情　义

　　护士长把林嫂叫到一个优质单人病房，说："林嫂，这个是高总的母亲，昨天洗澡时摔了一跤，今天做了个小手术，高总想请你过来照顾她。"

　　站在病床前，那个肥头大耳的男人就是高总。他接过护士长的话，对林嫂说："工钱好说，你自己开。"

　　林嫂说："对不起，我现在正在照顾一个病人。"

　　高总听过护士长的介绍，铁定了就要林嫂，就说："你那边多少钱一天，我给你双倍的工钱。"

　　林嫂微笑着说："这不是钱的问题，那个病人现在离不开我。再说，即使我答应过这里来，我也不会多要你的钱。"从农村过来的林嫂有骨气，她虽也需要钱，却有她的底线。

　　护士长看着高总，无奈地摇了摇头。

　　高总怎么也没想到，眼前这个看似贫穷的乡下女子竟然不为钱所动，气愤之后又隐约产生敬意。

　　从病房出来，护士长问："林嫂，你现在在照顾什么病人？"

　　林嫂道："我现在在照顾华嫂。"

　　华嫂也是医院的护工，护士长认识，便问："华嫂怎么了？"

　　林嫂难过地说："华嫂昨天晚上从医院回去，路上为避开一辆违章行驶的大货车被撞伤了，伤得很重，无法动弹。"

　　护士长问："她家里没来人照顾她？"

林嫂说:"华嫂与我也是从农村来的,在这城里举目无亲。我们都是苦命人,早早失去丈夫。"

林嫂与华嫂是几年前在这所医院认识的。她们的丈夫都是患胃癌,千里迢迢从农村来到这座城市,住进这所医院的同一个病房。她们长时间在医院照顾自己的丈夫,掌握了不少护理知识。林嫂有一儿一女,华嫂则有两个儿子。待她们的丈夫先后离世后,她们相约都留在这医院里当护工。在她们看来,在医院里当护工虽脏也累,可比农村挣钱多,可以负担小孩上学。两个女人相依为命,相处得如亲姐妹一样。

林嫂接着又对护士长说:"昨晚华嫂出车祸后,她挣扎着,是给我打的电话!"言谈中,对华嫂对她的信任感到颇为自豪。

护士长说:"你完全可以帮华嫂找个护工,你去照顾高总的母亲,可以多挣不少钱。"

林嫂道:"这不行,华嫂在这里没有亲人,她把我看作她唯一的亲人,我不在她身边照顾她,她会难过的,我也不能做这样的事情。所以高总出再多的钱,我也不可能丢下华嫂去照顾他妈?"

听林嫂这么一说,护士长仔细端详了身边这个苍老瘦小的女人,一股敬仰之情在心中油然而生。

大　气

以往，外地同学回县里，几乎都是家庆接待，邀上县城的几个同学，找个街边小店，要几个家常小菜，喝点当地自酿的水酒，也是有滋有味。家庆读高中时，当了三年班长，在同学心目中，像个老大哥。

自春辉当上领导，做了法人代表，渐渐地，他把接待同学的重任应承下来。

春辉是领导，要面子，吃饭定在大酒店，喝上档次的好酒，同学们直夸春辉大气。

后来禁止吃喝后，春辉便撂挑子了，同学来了，复又开始由家庆接待，仍去往街边小店。毕竟家庆只是一名普通中学老师，手头不宽裕，阔绰不起来。家庆重情谊，来者都是客，只要同学回来，他都会请吃饭。

同学回来，倘若春辉在场，他一定会做番解释："现在禁止吃喝，没办法安排大家用餐了！"

同学们便道："理解、理解。"

几年后，春辉因经济问题，提前退了二线，被免去职务。有同学回来，春辉都会过来，每次来后便解释道："现在退二线，无职无权，没办法请大家吃饭了！"

同学们便道："没关系、没关系。"

家庆听后，却一笑了之，心想：自己请同学吃饭哪次用了公款!

家庆他们高中时的班主任石老师退休后,与石师母去了北京,帮儿子带小孩,几年未回。

这次,石老师、石师母还有儿子一家三口回来了。石老师联系了家庆,告诉家庆,他想看看同学们。

家庆在石老师他们回去的那天中午请他们吃饭,算是为他们饯行,把县城那些同学都叫来了。

毕竟是阔别多年的老师回来了,还有老师儿子一家人,这次家庆破天荒地选了个上档次的大酒店,还点了几个硬菜,喝的也是白酒。看得出,石老师一家人很高兴,同学们吃得很满意。

这天,刚好是周末。午餐过后,送走了石老师他们,有同学提议下午组织打麻将,马上云集响应,只有家庆没吭声。

春辉提示家庆:"老班长,同学们聚一起不容易,下午大家在这里打麻将,抽点钱,晚上再撮一顿。"

"对!"同学们都附和说。

有同学说:"就统一打50的。"

"好,就打50的,我平时都打100的,今天,陪同学们玩玩50的吧。"春辉发话说。

家庆摇头,不愿参与。

春辉感到扫兴,说:"都说你们老师抠门,还真的没说错!"

春辉这一说,家庆成为众矢之的,同学们纷纷接过春辉的话茬,说家庆的不是,说老师的小气。

家庆听后,终于受不了了,揶揄道:"你们大气,谁去把中午的单埋了?"

没人应承,大家不欢而散。

礼　金

徐桂明感到这是个千载难逢的好机会。

他犹豫数日，终于下定决心，准备登门去找刘文豪老师。他认为只要刘老师肯开口帮忙，自己进城的事那是十拿九稳。

刘文豪是徐桂明在县城读师范时的班主任，他对徐桂明的情况那是一清二楚。徐桂明师范毕业后，分在离县城60公里的小松中心小学任教，转眼已二十余年了。当初，刚到小松，在县城出生长大的徐桂明倍感寂寞无聊，是那么渴望进城；后因找不到对象，也期盼能进城；直到在小松遇上现在的妻子灵芝，与她结婚，并生下儿子家玉，才算在小松安顿下来。

这些年来，经徐桂明不断努力，一步一个台阶，已成为小松中心小学副校长。校长已年逾五十，学校的老师断言：校长退休后，肯定是由徐桂明接任。

校长这个职位对徐桂明并没产生多大的诱惑力，他现在最迫切的是进城。

徐桂明想进城，的确是有原因的。去年家玉考上县一中，灵芝辞去了学校的临时工，按照徐桂明的意思，到县城照顾儿子，兼顾照顾二老。二老随着年龄增大，身体开始出现状况，先是徐桂明母亲因高血压导致中风，手脚变得不利索，接着徐桂明父亲查出直肠癌。这把灵芝累得够呛，远在小松的徐桂明，能不着急吗？

县城新建的那所龙溪小学已竣工，正在进行装修，秋季便可招收新生，需要大量老师，徐桂明想到龙溪小学去教书。

前些天，县委宣传部乔爱民副部长履新任县教育局局长。徐桂明与乔爱民虽不怎么熟悉，两人却是同门师兄弟。徐桂明在师范是九六级，乔爱民是九九级，班主任都是刘文豪老师。徐桂明决定找刘文豪老师跟乔爱民局长说说自己的事。

小松盛产茶叶，小松岩茶荣获过国家金奖。徐桂明从小松捎回两盒小松岩茶，准备送给刘文豪老师，另用一个信封装了5000元现金，想托刘文豪老师给乔爱民局长。徐桂明知道按现在的行情，这点钱肯定是不够的，他认为这只是意思一下，关键是刘文豪老师在乔爱民局长面前说话有分量。

刘文豪老师去年退休了，徐桂明回县城常去拜访他。来刘文豪老师家，徐桂明感到轻车熟路。

徐桂明敲开刘文豪老师家门，将那两盒茶叶放在客厅茶几上，在沙发上坐下，与刘文豪老师闲聊几句后，就正式进入话题。

"刘老师，我的情况您是最清楚的，我这次必须调回城里来照顾家里。"徐桂明开门见山地说。

"像你这种情况，组织上确实应优先考虑。"刘文豪老师连连点头。

"今年秋季，城北新建的龙溪小学要启用，肯定需调入大量教师。"徐桂明又说。

"这是个好机会。"刘文豪老师答道。

徐桂明欲言又止，迟疑片刻，说："今天我来找您，想恳请您帮忙，找乔爱民局长说一说。"

刘文豪老师淡淡地笑了一笑，"好吧，你的情况特殊，我找乔爱民说说。"

听刘文豪老师这么一说，徐桂明按捺不住地高兴。

师生两人又天南地北地聊了些其他话题。

徐桂明起身告辞时，从口袋里拿出那个信封，说："刘老师，这两盒茶叶是给您的，这东西就麻烦您给乔爱明局长。"

刘文豪老师提起那茶叶想拿还给徐桂明，两人推辞一番，刘文豪老师还是收下来了。接着，刘文豪老师又拿起那个徐桂明放下的信封，说："这个就没必要吧，你拿回去。"

又是一番推辞，徐桂明劝刘文豪老师说："现在办事是这个样子，我这只是略表心意，请老师帮忙递给他。"

刘文豪老师脸露难色，"我怎么好给他，再说我给他，他会收下吗？"

"没问题，没问题！"徐桂明安慰说，转身离开。

徐桂明留下的这 5000 元钱，在刘文豪老师手中如烫手的山芋，让他思考、矛盾了好几天。这辈子他还真没求过人送过礼呢！

刘文豪老师与乔爱民同住一小区，互有来往，每年春节，乔爱民都会礼节性地去看望刘文豪老师，给老师拜年。

周末，刘文豪老师认为乔爱民可能稍有闲暇，拨通乔爱民的电话，"乔爱民，有空吗？"

"在家呢，刘老师找我有事吗？"

"有件事想登门过来给你说说。"

"刘老师，您客气了，哪能劳驾您登门，我马上过您家来。"

挂了电话，不到十分钟，乔爱民就来到刘文豪老师家。

刘文豪老师招呼乔爱民坐下，问了乔爱民过教育局后的感受。接着，他也不改弯抹角，直奔主题，将徐桂明的家庭情况和他要求进城的事情跟乔爱民说了。

听刘文豪老师这一说，乔爱民认为徐桂明的这种情况组织上也应予以关心和照顾。

乔爱民当即应承下来："刘老师，徐桂明情况特殊，我一定会关注这件事情。"

离开时，刘文豪老师提了一盒上次徐桂明送来的茶叶，那信封他早就放入茶叶袋里，让乔爱民带回去："这是徐桂明上星期带来的，让我一定要交给你，略表心意。"

乔爱民推辞一番，刘文豪老师执意要他收下，他拗不过刘文豪老师，暂且先把东西拎回家。

如此一来，刘文豪老师和徐桂明都认为此事妥了。

几个月后，龙溪小学教师招录纳入议事日程。乔爱明局长请示县有关领导后，得到明确指示：龙溪小学所有教师，均从乡下通过考试择优录用。乔爱民局长原想让徐桂明进城后，也当个副校长，可随后关于龙溪小学行政领导的配备，县领导经讨论后又做出决定：鉴于县城原五所小学行政领导配备过多，新办的龙溪小学的行政领导，从县城这五所小学选配。

这年8月初，龙溪小学的行政领导和教师被确定下来，徐桂明大失所望。

徐桂明不知内情，他想不通，乔爱民一个堂堂的教育局局长竟然解决不了他进城的问题。

徐桂明来到刘文豪老师家诉苦，让同样不知内情的刘文豪老师深感纳闷。

离开刘文豪老师家时，徐桂明不经意说了句："上次那东西，他收下了吧。"

"给了他呀！"刘文豪老师回答说。

说者无意，听者有心。徐桂明走后，他抛下的这句话，让刘文豪老师思索了很久，难道徐桂明会怀疑自己没把钱交给乔爱民，或是乔爱民没发现茶叶袋内的钱？

刘文豪老师的儿子在美国，儿媳妇即将分娩，刘文豪老师夫妻准备去美国住一阵子。这些天，因徐桂明这事让他心里疙疙瘩瘩，很不是滋味。最后，他果断做出个决定。

出国前一天，刘文豪老师打电话把徐桂明叫到家，然后交给他内装5000元的一个信封，说："事没办好，这钱乔爱民给退回来了。"

徐桂明没想太多，把钱收了下来，内心稍稍得到些安慰，像他这样的家庭，5000元可不是个小数目。

暑假转眼就要过去，秋季开学在即。徐桂明心想：又得回到他执教多年的小松中心小学。

一天下午，徐桂明手机响了，拿起手机接听，才知是乔爱民打来的，叫徐桂明去他办公室。

徐桂明来到乔爱民办公室，乔爱民给徐桂明沏好茶，让徐桂明落座。

"你的事，刘老师跟我说了，我一直记在心里，可上次你要求去龙溪小学，县领导对选调学校行政人员有硬性规定，只能在县城其他几所小学选，我也爱莫能助。"乔爱民解释说。

听乔爱民这一说，徐桂明算是彻底失望了。

乔爱民喝口茶，稍作停顿，又说："你的情况实在很特殊，我思来想去，准备把你先借调到县教师进修学校去，你看怎么样？"

听了这话，徐桂明高兴得发傻，反而说不出话了。

看到徐桂明那高兴劲儿，乔爱民也为自己办好了一件事情，落实了刘文豪老师意图，嘴角布满笑意。

"真是太谢谢乔局长了！"徐桂明想尽快回家，把这消息告诉家人，起身告辞，紧握乔爱民双手。

"你情况特殊，应该得到组织上的照顾。"乔爱民回答说，转身从橱子里拿出一盒茶叶，递给徐桂明，"这东西你拿回去吧，你是我的师兄，我怎么会要你的东西？"

这不是自己送给刘文豪老师的小松岩茶吗?难道刘文豪老师转送了一盒给乔爱民?徐桂明心中吃惊,感觉丈二和尚摸不着头脑。

还没等徐桂明反应过来,乔爱民把东西硬塞给了徐桂明,把徐桂明推出办公室。

回到家,徐桂明把茶叶往茶几上一放,迫不及待地把进城的消息告诉家人。

儿子家玉从外面回来,看到茶几上的茶叶,他好奇地从袋中想拿出茶叶来看看,发现里面还放有一个信封,大声说:"爸,这茶叶袋中怎么还有个信封?"

徐桂明快步走了过去,拿起信封一看,这不是自己原来叫刘文豪老师捎给乔爱民局长的吗?

怎么回事?徐桂明百思不得其解。

支　教

母亲去世后，父亲故土难离，一人待在村里孤苦伶仃的。在县城一小执教的仁文思来想去，决定回村支教，陪伴父亲。妻子松华也是一小教师，她通情达理，善解人意，同意仁文的想法，反正儿子在北京读大学了。

仁文的支教申请得到批准，当父亲得知仁文要回村支教，脸上露出了少有的笑容。

秋季马上要开学了，仁文做好回村教书的一切准备。

"仁文老师，我小孩到了小学入学年龄，能不能请你帮个忙，让他到你们一小来读？"

开学前，仁文又像往年一样，总能接到几个求他帮忙解决小孩进城读书的电话，不少人还上门来找他，非要他答应不可，让仁文很是为难。

"我准备回村里教书了，不在一小了。"现在，仁文对打电话、上门找他的人都这样答复。

"真的？"都是一种怀疑的口气。

"这还有假，已经定下来了。"仁文肯定地说。

"如你真的回村里来教书，我就让儿子在村里读，省得让我老婆进城租房带他。"邻居那个叫春林的后生高兴地说。

"你就这么相信我？"仁文逗他。

"我知道，你在一小都是数一数二的好老师，把自己儿子都培养考上了北大,对你我是一百个放心。"春林连连夸赞仁文。

仁文回村支教,堂叔是最大的受益者。堂叔的两个儿子都常年在外务工,两个孙子去年在一小读书都是仁文帮忙进的,为了照顾两个孙子读书,堂叔被两个儿子安排在县城租了一间狭小的房子,每天做饭、洗衣、接人,把他快逼疯了,堂叔、堂婶两口子也被迫分居两地,堂婶为了庄稼、牲畜,只有留守在村里。

堂叔得知仁文要回村里教书,向仁文电话证实此事后,马上打电话给两个儿子,要求把两个孙子带回村里去读书。

堂叔两个儿子接到堂叔电话后,又打电话跟仁文商量此事,同意了堂叔的要求。

仁文早早来到村小学。秋季新生入学,村中共有9个适龄儿童,有6个留下来了,只有一个去了县城一小,两个去了乡中心小学。堂叔夫妻团聚,他领着两个孙子回到村里。

加上村小学原来的三个学生,学校一下子有11个学生了。父亲紧皱的眉头舒展了,按捺不住心中的喜悦,他每天都要去学校徘徊。在家里,父亲最喜欢听仁文说学校的事情。仁文感觉到了,把村小学管理好,把那些学生教好,就是对父亲最大的安慰。

父亲毕业后分在乡完小。一年后,村里办小学缺老师,父亲毫不犹豫选择回村。从此,父亲一直在村小学执教,在这里倾注了父亲毕生心血。前几年,村小仅剩一二年级、十来个学生,学校网点调整时,县里和乡里均提出要把村小学撤并到乡中心小学。父亲得知此事后,非常痛心,马上给县教育局局长打电话,县教育局邱局长是本村的,在父亲面前可以说是晚辈,村完小读书时还是父亲的学生。邱局长卖了父亲的面子,村小学总算保存下来了。

仁文也知道,乡亲们是信任自己才把小孩送到学校来,他暗下决心:一定要把这些留在村小学的孩子培养好。当然,仁文非常有自信，县城一个班的六七十号学生他都能带好，他不信，这才十来个学生，自己会带不好。

学生虽不多，仁文一点不敢怠慢，他全身心投入教学中，只有到了周末，他才会开车回县城看看松华，或把松华接到村里来。

仁文在村中执教，村民们都吃上了定心丸，他们相信仁文。第二年秋季开学，村中13个适龄儿童一个都没走，县里乡里读低年级的学生也回来不少，仁文取得上面支持，决定在村小学办三年级。这年，松华随仁文来到了村小学，她认为回村小学更能找到自己的人生价值。

村小学渐渐有了生机，最高兴的当然要数父亲，他整天乐得合不拢嘴，去学校的次数多了，看到仁文、松华那么忙，他总会搭上手，帮他们做些力所能及的事情。可惜父亲在一次雨后去学校的路上摔了一跤，从此行走不便。

拄上拐杖的父亲每天仍挣扎着要到学校来看看，学校已成为他晚年唯一牵挂的东西，是他的精神支柱。

年迈的父亲身体一日不如一日，一次感冒后，他卧床不起。仁文和松华都说要送他去县医院住院治疗，他执意不肯，村里的乡亲们都来看他，轮流帮忙照顾他。

父亲弥留之际，叫仁文、松华把他扶起，坐在床上。

"仁文、松华，你们是我的好儿子、好儿媳，谢谢你们回村里支教，来照顾我！"

"爸，我和松华已商量好，就在村里教书了，退休后再去跟儿子。"

听仁文这么一说，父亲病痛的脸上再次露出一丝笑容，他缓缓地从被子中伸出右手，抖擞着抬起，竖起大拇指说："你们做得对！"

父亲无疾而终，笑着离开人世。

呵　护

小波的父亲退休后，孤身一人待在村里，村民们都认为父子俩关系不融洽。小波在县城当上了局长，父亲收拾衣物，马上进城了，村民们便认为，儿子当领导了，父亲进城去享福了。

其实，小波与父亲二人感情甚笃。

小波5岁那年，久卧床榻的母亲离他而去，父亲含辛茹苦把他拉扯大。为了小波，父亲终生未再婚娶。

父亲是村里的民办教师。母亲去世时，小波尚未上学，父亲只好每天把他带到学校来，让他坐在教室后面。小波上学后，父亲把他放在自己班上，从一年级直带到五年级。从小失去母爱的小波很懂事，入学后品学兼优，深得老师和同学们喜爱。在村里读完小学，小波到镇里读初中，再到县里上高中，后考上省里的大学，大学毕业分配回县里，在县委工作。

工作几年后，小波在县城结婚成家，父亲脸上绽放出舒心的笑容。父亲当了多年的民办教师，经过考试，转为公办教师，在村小干到退休。

当年，父亲退休了，小波执意要父亲到县城来随他一起生活。小波原以为父亲会满口应承，没想到父亲却拒绝了。父亲说："我在乡下习惯了，就让我待在村里吧。"

小波理解父亲，尊重父亲的意愿。

小波在县委机关埋头苦干，政治上不断取得新的进步。刚过不惑之年，组织上把他从县委机关安排出去，当上了局长。

父亲得知小波当上了局长，大权在握，高兴之后，内心又隐隐感到不安。

父亲没有犹豫，来到小波家安顿下来。

此后，家中门庭若市，客人络绎不绝，父亲主动承担了泡茶倒水的接待任务。来者鲜有空手而来的，他们多拎着名烟名酒。离开时，父亲定会将东西塞还给他们。倘若他们推辞，父亲都会说上这样一句话："拜托了，不要让我家小波犯错误。"客人将东西带回，父亲就双手抱拳，道："谢谢，谢谢！"当然也有执意要将东西留下来的。有一回，小波的初中同学求小波办事，临走时，父亲提着东西把他送至门口，那人不想把东西带回去，用力把防盗门一关，把父亲两个手指狠狠一夹。父亲"哎哟"一声，手指皮开肉绽，流出殷殷鲜血，那人脱逃了。

时间一长，客人都晓得父亲的厉害，带礼物来登门的人慢慢就少了。小波打心眼里感激父亲。

一日，父亲外出溜达，在小区对面的那条街上，看到一家烟酒店门前挂一广告牌，上书："高价回收名烟名酒。"

家中有几起没有退回去的烟酒，始终是父亲的一块心病。父亲与这家烟酒店高老板说好后，拿来回收，换回现金。随后，父亲从小波那里要来这几个人的联系地址，将退得的烟酒款通过邮局汇给他们。

从此，偶有客人登门拜访，意思意思，父亲在劝说无效的情况下，也不执意让客人带回礼物，以免遭遇那次手指被夹的尴尬。

那个初中同学求小波办的事，并不违背原则，小波帮他办了，他也收到了父亲寄给他的烟酒款。为表达感激之情，那人再次上门来感谢小波父子俩，这次他只提了几斤水果，父亲给了他面子，笑纳了。

听说小波单位要盖新的办公大楼，不少老板又开始找上门来了，让小波疲于应对。

包工头余老板提着烟酒，内装数万元现金，来到小波家，想探探水。父亲沉着脸把他训斥一顿，余老板提着东西灰溜溜地走了。回去路上，余老板想起父亲有点眼熟："是上午在高老板那里买烟酒时看见过，他拎来不少烟酒在变现！"

余老板是高老板的老主顾、老熟人，余老板上门找高老板想问个究竟，高老板狡黠一笑，余老板便心知肚明。

余老板写一封书信至纪委，举报小波受贿、父亲销赃。父子二人双双被传唤至纪委，却有惊无险。父亲自进城后，用笔记本记下了每笔没退回的礼物换了多少钱，每笔钱汇出去了，他还留下了存根。纪委干部给父亲竖起了大拇指，为他点赞。

小波从局长岗位退了下来，父亲就提出回乡下去。小波对父亲说："乡下好，清静！等我退休了，我也到乡下来住，陪您安度晚年。"

鞭　策

春鹏自小在秋林面前就有一种优越感。

那时，春鹏的爸爸是大队书记，在村中可谓一言九鼎。秋林的爸爸在村完小当民办教师，还是作为本家，得到关照，由春鹏的爸爸安排进去的。

春鹏大秋林几个月，二人自小就玩在一起。入学后，又是同班同学。春鹏与秋林都很优秀，你追我赶，成绩不相上下，往往是数学成绩春鹏高秋林一两分，语文成绩秋林比春鹏多一两分。在村中读完小学，二人结伴在镇里上初中，初中毕业，双双考上县城的师范学校，而且又被编入同一个班。

在师范，就不再是一心只读圣贤书了。性格外向的春鹏的组织领导能力得到了展示，他不但被班主任安排做了班长，还吸纳到学生会去了。内敛的秋林喜欢看书、爱好文学，他开始做他的文学梦，进行文学创作了。

经过数次退稿后，秋林的处女作在省青年报发表了，班上订有该报，同学们发现后，争相传看。班主任刘老师是教语文的，在班上表扬了秋林，上语文课时，对秋林发表的文章进行了讲解、点评。

秋林一时成为学校同学们所关注的人物。

过了好些日子，有同学向春鹏提起秋林发表的那篇文章，春鹏心里不爽，回道："不就是一篇不足千字的散文吗，我们这些同学只要花点心思过去，谁会写不出来？"

这话不知怎的传到秋林耳朵里去了，让他感到脸上火辣辣的，他暗下决心：一定要创作出更多、更好的文学作品。

秋林的努力没有白费，间或都有作品在报刊发表，让同学们羡慕不已。

秋林进入学校文学社，后来还掌管了文学社。春鹏与秋林比翼双飞，进入学生会后，他从一般人员到副部长、部长、副主席、主席，是个响当当的人物。

师范毕业，春鹏作为学校学生会主席，被破格安排到团县委工作，步入政坛。秋林被分配回镇里的母校，开始从事语文教学。

春鹏本就是个从政的料，经过努力，在政治上茁壮成长。秋林有文学天赋，教学之余，一直坚持文学创作，成果颇丰。

春鹏担任团县委书记时，到镇里下乡，来到镇中学。校长知道秋林与春鹏是从小到大的同学，直夸秋林会教书、文章写得好，对春鹏说："秋林发表的文章，可以整理汇编出好几本书了。"

看到校长那惊讶的神态，春鹏摇摇头，说："不就是一些'豆腐块'吗？你我认真去写，也写得出的！"

此话也让秋林知道了，秋林内心很不是滋味。作为业余作者，秋林热衷于创作散文、诗歌、小小说，尤爱小小说，的确如春鹏所说的"豆腐块"，遭遇了春鹏的冷嘲热讽，秋林不再满足于写写小小说，觉得应该尝试中短篇小说创作了。

在文友的鼓励和帮助下，秋林结集出版了一部小小说集。有一位乡党委书记得到该书后，赞不绝口，遇上已是镇党委书记的春鹏，称赞道："一名普通的中学老师，能写出这么多小小说，并整理出书，不容易。"

春鹏听了，嗤之以鼻，回道："现在有钱，可以自费出版书籍。"

第四章 人间万象

　　这位乡党委书记反驳说:"关键是你能写出这么多文章来吗?"

　　春鹏说的话,又让秋林得知了,秋林仍一笑了之。秋林不气馁,仍致力于创作更优秀的文学作品,他的创作势头很好,不时有中短篇小说发表在各刊物。

　　后来,国家重视文化建设,每年给省市文联专项经费,资助文学精品出版。

　　第一年,秋林申报的项目便获市文联批准,他的一部短篇小说集得到市文联专项经费扶持,顺利出版。

　　对校长来说,这是学校的一件大事、喜事。校长来县教育局开会,会前,特意来到春鹏局长办公室,汇报此事。

　　让校长感到意外的是,春鹏局长听后,并没有夸秋林,春鹏局长说:"靠政府资助出书,没有多大意思,检验一本书好不好,要走市场,看市场上好不好销售。那些名家的畅销书哪本是靠政府资助出版的?"

　　校长哑口无言。

　　春鹏局长接着又说:"作为一名教师,要一心扑在教学上,不要为了个人名利,整天把精力用在创作上,此风不可长。"

　　在这次校长会上,春鹏局长对此事特意做了强调,不点名地批评了秋林。

　　秋林对春鹏所说,置若罔闻,丝毫没有影响他创作的激情,他想一定要加倍努力,在有生之年写出一部传世之作,让人刮目相看。

　　第二年,秋林的一部长篇小说,获省文联专项经费扶持,得以出版。

　　这么多年来,秋林致力创作,成绩斐然,得到各级作协的认可,他先后加入省市作协,在秋林退休那年,还加入了中国作协,成为县里唯一一个国字号会员,给全县人民树立了榜样,被县领导看好。

退休后,秋林将村中父母留下的老宅改建好,他想村中清静,适合看书、创作。没想到,春鹏在村中早已建了别墅,他也回村里住了。偶尔,二人在村中溜达,碰在一起,点头打个招呼,没有更多的话语。

退休后的春鹏,风光不再,寂寞难耐。不像秋林每日以读书写作过日,其乐融融,经常还有昔日的学生来看望他。

县里决定编撰人文安都一书,由县委书记亲自挂帅担任编委会主任,书记点名要秋林主笔,让退休后的秋林也不得闲。

县委书记爱才、惜才,春节到了,他要求县领导分头去走访慰问各领域拔尖人才。县委书记看过秋林写的书,欣赏秋林的文学才华,亲自来看望秋林。此事很给秋林长脸,作为村中大事,整个春节,村民们都在津津乐道。村民们丝毫没有考虑到昔日门庭若市、如今门庭冷落的春鹏老局长的感受。

春鹏整日郁郁寡欢,在他退休后的第三年,患上了肝癌,早早离世。

作为昔日的老同学,秋林为春鹏惋惜。秋林为春鹏送了最后一程。

秋林心想:不管怎么说,这么多年来春鹏给予他的实际上是一种鞭策,要是没有春鹏的鞭策,他可能在创作上难以取得现在的成绩。

校　庆

收到母校松山中学 50 周年校庆邀请函，丁亮内心按捺不住地高兴，他双手翻开邀请函，反反复复看了数遍。阔别母校多年，丁亮恨不得马上回到那魂牵梦绕的地方。

丁亮马上拨打了同在省城工作的高中同学沈志华、罗小强，得知他们也已收到了邀请函，便相约到时一同前往。

松山中学位于城郊，是一所普通中学。当年，丁亮脱颖而出，考上重点大学，一时被学校传为佳话，并成为老师鼓励学生的榜样。丁亮大学毕业，又读硕读博，后分在大学执教，前不久，刚获教授头衔，可谓年轻有为，春风得意。那时的农村普通中学，一年考不上几个大中专的。沈志华和罗小强当年就和大多同学一样，高考落榜，不过他俩现在发展得不错。沈志华高中毕业后参军，在部队提了干，凭着他漂亮的仪表，娶了一领导的千金，转业后分在省城工作，现已是一个区的副区长了。罗小强读书时虽成绩一般，然而他脑子活，会经商，生意越做越大，几年前，来到省城开了家投资公司，自任经理，其办公室和老板桌那真是气派，让沈志华这个堂堂的副区长看了也咋舌。

毋庸置疑，学校校庆，总得让校友们捐点款，美其名曰改善办学条件。罗小强名声在外，学校早有人做说客，让他整整捐出了 10 万元。看得出，罗小强怪心痛的。

丁亮自知与创业成功人士罗小强是没法比的，他便电话联系上了沈志华,问:"这次母校校庆,你这个大区长准备捐多少款?"

"我还正想问你这个丁教授呢。"

"你当领导的做个尊师重教的表率,多捐点。"

"你是母校培养出的佼佼者,记得那年我们学校就你一个人考上了大学,你必须多捐点!"

"我一个穷教授,心有余而力不足,想多捐也拿不出来。"

"我一个小小的芝麻官,工资少得可怜,要是多捐了,人家还以为我有非法收入呢。"

"那你想出多少?"

"你呢?"

"我打算捐2千元。"

"我也觉得2千元就差不多。"

这天,三人乘坐罗小强的奥迪轿车,兴高采烈、如约而至,回来参加母校校庆。

罗小强驾车径直来到县城的松林宾馆。报名过后,丁亮便遭遇尴尬,松林宾馆乃县城最好的宾馆,学校用于接待贵宾之用,自己与罗小强、沈志华非一路人,他俩作为贵宾被安排在这里,自己仅是一名普通校友,安排在一个安家酒店。丁亮失落而去。

晚上,也没有什么活动。丁亮想去看看自己当年的那些老师。

他先与班主任曾老师联系上,来到曾老师家。看到自己的得意门生上门来了,曾老师乐得合不拢嘴。得知丁亮已是教授了,曾老师竖起大拇指为他点赞。

曾老师问丁亮,"你们这班还有哪几个同学回来了?"

丁亮说:"同我一起从省城回来的还有罗小强、沈志华,不过,他们作为学校的贵宾,与我不是住在同一个地方。"

曾老师虽退休多年,这次校庆,学校还是要他参与,校庆安排,他大都了解。

丁亮从曾老师言谈中才知晓，这次定为学校贵宾，住松林宾馆是捐款5万元以上的，或职务为副县级以上者。他们晚上有县领导、校领导陪同，在宾馆还会举行一个杰出校友座谈会。

看得出，曾老师对已是教授的丁亮未能作为杰出校友颇有微词。丁亮又向曾老师一一问了其他老师的近况，就近又拜访了一位老师。

次日上午9时，校庆如期举行。作为贵宾的罗小强、沈志华端坐主席台上，丁亮坐在台下，但是第一排。丁亮与罗小强、沈志华目光相视，多年来的优越感已是荡然无存。

趁解手之机，丁亮离开了校庆现场。昨晚还有几个老师未见着，他决计去看看他们。

来年春，曾老师因病来省城就医，丁亮去医院探望。

曾老师告诉丁亮说："那次学校校庆，学校捐得不少钱，校长挪用给他买了辆轿车，还伙同其他几个校领导进行私分，遭教师们联名举报，结果数名校领导均被撤职查办。"

丁亮听后，无奈地摇了摇头。

时光荏苒，转眼间，松山中学将迎来建校60周年校庆。这次，只有丁亮收到学校的邀请函。当年捐款10万元的罗小强几年前因资金链断裂，公司破产了，刚担任区长不久的沈志华涉嫌受贿被查，已锒铛入狱。丁亮不想去参加这种没意义的活动，他虽已是杰青，但他想这个头衔对校领导来说肯定不感兴趣，甚至他们还搞不懂杰青是啥名堂。

父母都老了，近年来，丁亮常抽空回来看望他们。回来后，丁亮也一定会去拜访曾老师他们，已早生华发的丁亮与几个满头银丝的老师相聚一起，总是有说不完的话语。

事业有成的丁亮从未荣归母校，到母校去显摆，暗地里，他每年都会拿出一大笔钱，资助母校的困难学生。

第五章
小人物记

老 江

老江下岗后，在县城沿江路自开餐馆，取名"老江餐馆"。老江的厨艺了得，食材新鲜，价格实惠，餐馆生意兴隆，经常出现"一桌难求"的现象。

大家都说，餐馆生意好，助长了老江的坏脾气。但凡来过老江餐馆吃过饭的人都知道，来此餐馆就餐，不准客人多点菜，根据来人多少，按照一个人一个菜的标准，倘若点好菜，有客人未到，即使开始上菜了，餐馆也会帮你减掉还未上的菜。有时，客人按标准点好菜，感到还有想吃的要加上，老江就劝道："想吃那个菜，下次来点了！"不给客人半点通融的余地。餐馆里也只摆放当地酒厂生产的红杏仁酒，从未经营过其他酒。而且在此餐馆喝酒只能点到为止，不可没完没了地闹酒，每天晚上八点半餐馆打烊，客人再有酒兴，也会把你劝走。

有一次，老江的发小老郑带外地的亲家来吃饭。老郑摆阔，想超标多点几个菜，被老江断然拒绝。

老郑来气了。

老江也不生气，说："店里的菜，分量大，一人一个菜足够吃。"

老郑说："你怕我付不起钱，记账？"

老江说："我是觉得不要浪费，你我都是苦过来的人。"

老江硬是没有给老郑面子，老郑气愤至极，发誓今后不再光顾老江的餐馆。

上菜后,老郑发现这天的菜比往日的量还多,亲家他们直夸菜的味道地道,吃得津津有味,他慢慢就消了气。

席间,老江还抽空跑过来,对老郑说:"今天亲家来了,高兴!陪亲家他们多喝几盅。"

此时,老郑气也消了,就劝老江:"可不可以陪我亲家他们喝一杯?"

老江说:"那我就破个例,但就喝一杯。"

老江用一杯酒敬了大家,很给老郑面子。

老郑向亲家他们炫耀说:"这个江大厨是我发小,他可是从不给客人敬酒的。"

老江随后问客人:"菜的味道如何?"

客人们说:"这些年就没有吃过这么好吃的农家菜!"

离开时,老江又交代老郑说:"菜不够,你再叫我加菜,但一定要吃掉!"

老江走后,老郑告诉亲家他们说:"我这个发小,只准一个人点一个菜,生怕客人浪费。"

老郑亲家他们也是有素质的,对老江的做法都表示赞同。

老江下岗前,是县乳制品厂食堂的厨师。当初,厂里的效益一直很好,加之老江的厨艺又好,厂食堂接待的客人越来越多。不少客人与厂里是没有业务关系的,而是奔着老江厨艺来的。后来,一些县领导也爱到这里来吃老江做的菜。渐渐地,厂食堂天天高朋满座、胡吃海喝,老江看了直摇头。有县领导看上了老江,提出调老江去县宾馆。县领导本以为老江会慨然允诺,却被他断然拒绝。事后,老江对妻子说起此事,愤怒地说:"如去县宾馆做厨师,让那些人暴殄天物,会吃掉更多群众的血汗钱!"前些年,厂子要倒闭了,老江竟然称厂子是被吃垮的,甚至还有些自责。

老江脾气虽怪,餐馆生意依然火爆。曾在县乳制品厂工作的几个老工人了解老江,知道出生在贫苦人家的老江"拥仁爱心,做仁德事",餐馆规定一个人一个菜,是他不愿看到客人浪费。餐馆只卖红杏仁酒,是他认可这种酒,纯粮食酿造,吃了不伤头,没有假酒,120元一瓶,价格合理,属大众消费。餐馆晚上八点半打烊,是他认为喝酒尽兴即可,酗酒伤身又容易惹是生非。还有一点,倘若单位接待,老江一定不会给你弄虚作假或多开发票。

每年年关,老江都要经营到除夕这天。不过,除夕生意虽好,他却不对外接客,他要免费请那些仍坚持在环卫一线的工人吃饭,年年如此。

老 唐

老唐部队服役多年,转业后分配在法院,担任一名普通法警,大家都唤他老唐。

老唐本名唐胜,与《西游记》中的唐僧谐音。不知从何时开始,有人把他唤作"唐僧",很快流传开来。

寻根溯源,这一绰号是执行局那些执行干警叫出来的。

老唐刚到法院不久,执行局拘传了一名人身损害赔偿案的被执行人陈某。陈某与邻居因琐事发生纠纷致人受伤,被判赔偿1000多元医药费等费用。陈某不服,称是对方先开口骂人,他才动手的,拒不履行。待执行干警找上门,陈某仍不愿履行,还与执行干警发生争吵,被强行带回法院。

陈某到了法院,抬出老唐,说是老唐的亲戚。执行干警半信半疑打电话给老唐。老唐来到执行局,问明情况,面见了陈某。

老唐与陈某邻村,彼此认识,亲戚就谈不上。

老唐虽入职不久,可他明理,对陈某说:"执行干警执行没错,法院生效判决要不折不扣执行,如你不服,当初可以上诉。"

陈某说:"我也不知道。"

老唐说:"邻里之间要和睦共处,不就1000多块钱吗?马上付了。"

陈某说:"我现在的确拿不出钱。"

老唐说:"我先给你垫上,你回去后想办法凑上来还我。不要因为1000多块钱被拘留。"

陈某频频点头。

说完,老唐代替陈某如数付了赔偿款。

还有一次,执行干警带回一个拖欠饲料款的刘某。刘某担心没钱还款被司法拘留,向执行干警告知是老唐的亲戚。这位刘某与老唐倒的确是亲戚,是姨老表。

在执行局办公室,老唐见了刘某。

刘某解释说:"我养鸡碰上了鸡瘟,血本无归,才欠曾老板1万多元饲料款,我又不是不还他钱。"

老唐说:"那你这几年总得想想办法,有一点还一点,不能几年都一分钱不还。"

刘某说:"我本来想逐年还点,可曾老板却提出要算利息,我哪里还得起。"

老唐得知曾老板也在法院,征得执行干警同意,与曾老板协商起来。

老唐说:"你们做生意也不容易,他养鸡亏本也是事实。你能否做个让步,免去他的利息,本金我今天代替他还了。"

曾老板听老唐这么说,当即应承下来。

此后,还有几次被执行人提起老唐,老唐被唤到执行局。每次,老唐都是一起配合执行干警做被执行人工作,屡屡为被执行人垫钱。一来二去,这些执行干警都挺喜欢老唐过来,直夸老唐仗义。老唐调侃说:"你们每次叫我过来,都是想在执行我。"

执行过后,见到老唐,这些执行干警顺便会问:"老唐,上次你帮那个被执行人垫付的钱给你了没有?"

倘若未给,老唐便无奈摇摇头,自我安慰说:"只要会给,早一点晚一点没关系。"

每当老唐收到为他人垫付的执行款,他会主动跟负责执行的干警说:"那个人的钱给了我,还挺守信用的。"

老唐面善、心善,这些执行干警暗地里给他取了"唐僧"这一绰号。

执行局的那些干警经常夸老唐,老唐有点飘飘然。

老唐的一个战友李某开餐馆欠下一屠夫6万多元猪肉款,被该屠夫带到执行局,非要执行干警拘留李某不可。李某向老唐求情,老唐鬼迷心窍,竟然动用了家里的存款,帮李某还了这6万多元。老唐妻子得知后,跟他大吵起来,就差没闹到法院离婚了。

老唐帮李某还此巨款后,李某如人间蒸发,销声匿迹,没了音信。从此,老唐开始不愿借钱给那些到法院的被执行人,也从来不到执行局来为被执行人说话。

几年后,李某与妻子来法院找到老唐。

看到昔日的战友李某,老唐忘却前嫌,喜笑颜开。当年李某不辞而别,他一再给老唐赔不是,告诉老唐,这几年夫妻俩投靠亲戚,在印尼开了几家中国餐馆,挣了不少钱。

李某要了老唐的账号,其妻子给老唐的账号里打入整整20万元。

收到银行短信提示,老唐责问李某:"你怎么给我这么多钱?"

李某说:"连本带利。"

老唐说:"哪有这么高的利息?"

李某说:"就算你投资的分红。"

老唐说:"分红也没这么多,你这样会让我犯错误的。"

李某说:"你人好,在法院工作,我知道你帮不少人垫付过执行款,肯定有收不回的,我帮你弥补一些损失。"

老唐说:"垫付的执行款都会还给我。"

李某就说:"那多给你的一点点钱就放在你手上,由你掌管。

以后，遇上的确有困难的被执行人，你从这里垫付过去，免得动用家里的存款，嫂子不高兴。"

不管老唐怎么说，李某都不肯收回多给的那点钱，也不知后来此款是如何处理的。

不过，此后，老唐又会到执行局给被执行人做工作，又像往常那样会给被执行人垫付执行款。

老　涂

　　老涂是县文化馆的文学创作员，才华横溢，下笔成章，著作颇丰。

　　老涂好酒，喜欢在酒后创作，都说李白斗酒诗百篇，老涂酒后也是文思泉涌，提笔行云流水，文章一气呵成，读了气势磅礴、朗朗上口。

　　拥有好文采，老涂很自负。老涂常说搞文学创作要相信第一感觉，文章写好了，从来不愿再进行推敲、打磨、修改。老涂还有一个致命的缺点就是不愿意认真校稿，为此文章中难免出现错别字。对大多数作者来说，文章中发现错别字，就如同在饭菜里掉入苍蝇，让人如鲠在喉、大倒胃口，他却称一篇文章出现个别的错别字在所难免、无伤大雅，读者可以看懂意思，犯不着花大量时间去校稿，枯燥又无味。

　　老涂系县政协文化艺术界委员。这年，县政协组织编撰《安都县文化大观》，老涂被邀作为主要撰稿人，也是编委会成员之一。该书完稿后，作为文史资料印刷成书。

　　来年春，县政协召开一年一度的政协会议。大会开幕前，老涂来到会场，见大家议论纷纷，用奇怪的眼神看着他，让他感到莫名其妙。落座后，坐一旁的那个委员拿出会议资料袋的那本《安都县文化大观》，翻到书的扉页，指着编委会成员中用黑小框框住的涂远方。老涂看了，恍然大悟，大惊失色，随后勃然大怒，失声而出：框错了！涂远方是老涂的名字，他不是好好的吗？要框的应该是老涂名字后面的涂远林，涂远林是县政协原来的文史委员会主任，因患肺癌上个月英年早逝了。

会议尚未开幕，其他县领导还没入场，老涂马上上主席台告知已提前到来的政协秘书长。秘书长经汇报后，政协工作人员迅速在会场将《安都县文化大观》一书如数收回。

历经这次遭遇，老涂对文字校稿工作有了全新的认识。

老 孔

　　老孔在县文化馆、县文联工作了一辈子，都是与文化人打交道，结交了不少文朋诗友。长年工作在文化系统的老孔，自称是孔夫子的后人，一直爱读书、勤写作，也养成了一个藏书的嗜好。

　　老孔是地道的县城人，住在城东一条偏僻的小巷里，单家独院，一间旧屋，二层半房子，这是他祖上留下的老宅。儿子结婚前，老孔和老伴住一楼，儿子住二楼，三楼为阁楼，堆放杂物。儿子结婚后，因老宅为土木结构，楼板系杉板隔的，晚上常会传出"吱吱呀呀"的声音，让老两口不堪入耳，加上城东靠河，地势低洼，春季大雨后易进水，非常潮湿，易引发老孔的风湿关节炎。于是，经老孔提议，将阁楼收拾妥当，老孔独自搬到阁楼居住。阁楼少有人上来，成了老孔个人的小天地。最让老孔高兴的是阁楼干燥，最适宜藏书。他老伴之所以没随他搬入阁楼，是因为厨房在一楼，她懒得爬上爬下。

　　独居阁楼的老孔更加热衷于读书、藏书，他从新华书店买来四个淘汰的大书架，把多年来的藏书全搬入阁楼，再分门别类，收拾得整整齐齐。退休后的老孔工资不高，而现在的书印刷、装帧精美，价钱特贵，老孔经常去新华书店看书，对一些新书爱不释手，可毕竟手头不宽裕，去得多，买得少。后来有一天，他在东门沿江路一带发现了好些旧书店、旧书摊，价格非常便宜。老孔像发现了新大陆似的欣喜若狂，每次来这里淘书，看这本想买，那本也想要，最后总是满载而归。

老孔性格开朗，健谈好客，经常有文友登门来到他的阁楼喝茶、聊天，看到老孔那么多藏书都赞叹不已。是文人都喜欢书，一些文友看到自己喜欢的书，就开口向老孔借。老孔虽爱书如命不舍得借，却又不好拒绝，只好忍痛割爱，并反复叮嘱看完后一定要及时归还，文友都应承："有借有还，一定的！"

文友走后，老孔马上拿出个小本子登记，以免自己忘记。有个文友借了本《安都地名溯源》，半年未还，老孔的心里疙疙瘩瘩，催不是，不催又不是。最后老孔还是拨通了文友的电话，可让他始料不及的是，对方竟否认向他借过此书。老孔气得说不出话来，认为书品亦人品，他决定不再与此人深交。

为此书老孔难过了好些天，他痛定思痛，觉得应想个对策。他用毛笔写了张纸条，上书"本人藏书概不外借"八个大字，欲贴至墙上，可又觉得不妥。有不少文友都是冲着他藏书而来的，有的来此找些资料，有的为读某部文学作品，还有的为某些历史争议问题寻找根据，再说自己偶尔也会向文友借书。思来想去，老孔最后决定，对向他借书者逐一进行登记，并让借书者签上自己的名字。这个问题解决后，也有让老孔感到不爽的时候，有些文友不惜书，还回来时总是皱巴巴的或"缺胳膊少腿"的，为此老孔总要对还回来的书"修理"一番，让书恢复"原貌"。

老孔的家人都不太爱看书，体会不了老孔藏书的快乐和借书的烦恼，对老孔的爱好既不干涉也不过问。老伴偶尔进屋收拾，老孔是不让她动他的书籍的，老孔对自己的藏书了如指掌，哪本书放哪个位置他一清二楚，哪本书变动了一点位置，老孔就知道有人进去过。

转眼老孔已过完七十大寿，恰遇国家棚改政策出台并快速推进。老孔住的祖屋也在棚改范围，这把老孔多年来的藏书梦击得粉碎。

老孔现在的祖屋一家人住着还算宽敞，加之一楼门前还有个20多平方米的院子，院子里种满了花草，老孔看书写作之余拾掇拾掇花草，他觉得日子过得真是天上人间。可棚改实行货币补偿，不能拆旧建新的，按棚改货币补偿政策，老孔祖屋连带院子只可补到110余万元。

晚上，老孔一家人坐在一起商量购房事宜。

大多拆迁户都面临要重新购房，县城房价一下飙升突破万元。老孔掐指一算，棚改补偿款加上这些年一家人的积蓄，满打满算可买一套120余平方米的套房。

老孔一家人几乎走遍了县城所有的楼盘，经反复对比讨论，终于在梅水湖畔购买了一套三居室的精装房。

看样板房时，儿子与儿媳妇就谋划好了，他们两口子住主卧，老孔读初中的孙子住次卧，剩下那个只有10平方米的小房间就归老孔夫妻俩住了。

老孔想到时候搬入新房，摆进一张双人床后就放不了什么东西了，他在为那些藏书的命运和归宿考虑。

细心的老伴察觉出了老孔的心思，劝老孔："你那些书赶紧去处理吧，这旧房一拆，搬进小套房，哪有你放书的地方？"

老孔默不作声。

一日，老孔到旧书店溜达后空手回来，儿子与儿媳妇小两口压低嗓音正在说话：

"我们这老房子要拆了，你爸那些宝贝书怎么办？"

"我也正在考虑这个问题。"

"叫他清理后卖到旧书店去吧。"

"我爸肯定不会干的，这些书都是他的命根子。"

"那搬家后，这些书放到哪里去？"

"让他用纸壳箱装好，塞到他的床底下吧。"

"那也放不下呀！"

"我爸也真是，一大把年龄了，还折腾这些干吗？"

"他不舍得卖掉，等他百年之后，我们用不着，迟早会给他卖掉。"

"那倒也是。"

老孔耳朵不背，两口子的话他可听得一清二楚。

那晚，老孔辗转反侧，一夜未眠。

第二天，老孔收拾了百来本他实在不愿舍弃的书，用纸壳箱装好，准备搬家时带入新居。剩下的那些书，他不愿糟蹋，按称卖掉。他想为这些书找个好归宿，发挥它的作用。

此后，只要文友来访，临走前，老孔便会热情相劝："就要乔迁，这些书也没办法全搬过去，你挑几本喜欢的带回去，我送给你。"文友们开始以为自己听错了，平时惜书如命连借都难的老孔怎会把书送人呢！后来看老孔说得那么认真，也就不客气了，一个个都捧着自己的爱书满意而归。

消息一传开，老孔这人来人往、门庭若市，当初限期三个月搬出老宅，老孔几十年来的藏书不到两个月就处理一空了。

搬入新居后，三代同堂的老孔失去了自己的小天地，文友少有来往，老孔仿佛变了个人，变得郁郁寡欢、少有言笑，人一天天变瘦，后来竟一病不起，患上了无法治愈的肝癌。

老孔的病情日益恶化，他预感来日不多，将精挑细选留下的那几箱书吃力地从床底下搬出来、梳理好。在他生命的最后一些日子，有文友再来看他，他会颤抖着双手递给文友一两本对他们有益的书，轻声说："谢谢你来看我，这书你用得着，送给你做个纪念！"

临终前，老孔床前仅剩下 6 本他个人所著和编撰的书，他交代儿子，待他死后，一起火化，随他而去。

老　谢

小镇依河而建，沿河一条窄巷，贯穿南北，作为街道，供小镇集市之用。窄巷南端一店门前，挂着一块上书"刊刻印章"的小木牌，这家主人在此刻印章已好多年了。

主人姓谢，大家都直唤他老谢。听老谢说话，不是当地的湖南口音人，他的身世是个谜，镇上无人知道，只知他是江西人。

老谢略显单薄，却精神矍铄；他慈眉善目，整天沉默寡言、少有言语。老谢没有田地，也无职业，仅靠刊刻印章是难以养家糊口的。他备有拉网会去打鱼，做鱼干卖，也会去小溪里掏铁砂，卖给毛铁厂。老谢读过私塾，有文化，会写毛笔字，会帮人拟对联、写对联，颇受小镇人看好。

老谢生养了三个男孩，大儿子尚文天资聪颖，像老谢这种身世的外地人，尚文肯定是不可能被推荐上大学的。尚文从学校回来，子承父业，正如老谢常说的："有一门手艺总不会挨饿。"老谢开始教他刻印章，带他去打鱼、掏铁砂。尚文聪明，平时又耳濡目染，很快就能上手刻印章了。看到尚文独自刊刻的印章，老谢总是频频点头。尚文在家待了两年后，尚文以优异成绩考上大学，后留校当上了大学老师。

二儿子尚勇，名如其人，英勇威武，系一名篮球健将，文化却比尚文逊色些，参加了三年高考，总差那么十几二十分。老谢掰掰手指，称尚勇命中缺乏"文曲星"，动员他不要考了，跟他学刻章。尚勇的刊刻水平倒不比尚文差，不过，尚勇靠刊刻营生非长久之计，来年秋，他应征入伍了。来到部队，凭借其能打篮球、刊刻印章的特长，还挺吃香的。业余时间，他不仅给连长、指导员刻了枚印章，也给不少战士刻了，反正是来者不拒、有求必应。尚勇读过高中，在部队算文化素质较高的，他被推荐参加考试，考入军校，成为一名军官。

这年冬天，小镇从北京来了一名将军，将军去村子里看望抚养他长大、已年迈的姑姑，恰逢表侄子大喜。将军仔细看了大门上贴的对联，字体特别，有一种似曾相识之感。

将军问："对联是哪位先生所写？"

家人答："是镇上谢先生写的。"

将军问："他是不是叫谢炎？"

家人回道："我们都叫他老谢，不知他叫什么名字。"

将军沉思片刻："难道真是他！"

众人莫名其妙。

吃完喜酒，将军迫不及待来到镇上，在陪同人员的带领下，找上老谢家。

看到老谢，将军开门见山就问："你是谢炎吧！"

老谢眯着眼，吃惊地看着将军，不知所措。

见老谢没回答，将军确定自己的判断是正确的，又问："不认识我了？"

老谢仍摇头。

"我是张福！"

"张连长……"

"你真是让我好找啊，我还以为你不在世了呢！"

将军与老谢紧紧拥抱在一起。

晚上，将军与老谢独自待在一起，聊到天亮。

第二天，将军要返程回京，将军觉得自己愧对老谢，告别时紧握老谢双手，再次说："家里有困难，你尽管告诉我！"

老谢摇头，"没有，真没有！"

送走将军回来，妻子问老谢："将军都跟你说了些什么？"

老谢说："两人唠了唠家常，说了我们分手后，各自的情况。"

妻子问："他就没有说给你落实政策，解决什么待遇？"

老谢说："他提出来了，我说没必要。"

妻子生气了，骂老谢："你真是死脑筋！"

老谢也不生气，笑笑，说："我比那些死去的兄弟好一百倍，他们一个个那么年轻，死得多惨啊！"

"你三儿子刚高中毕业，待业在家，你就不会叫将军跟我们当地领导打个招呼，为他谋份工作。"妻子提示说。

老谢回道："大不了也像他两个哥哥那样，先跟我刻印，再谋出路。"

老谢三儿子叫尚敏，聪明伶俐，或许是作为家中幺子，从小被母亲娇惯坏了，从不把心思用在学习上。尚敏因成绩差，高考都不愿参加，让父母拿他没办法。

尚敏果真也跟着父亲学刻印，老谢没想到，尚敏一学就会，技术远超两个哥哥。

老谢叹道："真乃天赋！"

此时，国家已实行改革开放，个体户如雨后春笋般迅速增长。

青出于蓝而胜于蓝的尚敏逐渐取代了年迈的父亲，他注册在家中开了刊刻店，还轮流去周边各乡镇赶集，收入远高于两个按月拿工资的哥哥。

头脑灵活的尚敏在市场中嗅到商机，在小镇最早经营工艺美术品，成立公司，赚得盆满钵满。

老谢晚年，多亏有尚敏在身边照料。

老谢老了，渐渐已手脚不便，按照他的意思，尚敏回到老家荷树村看了，拍回来了好多照片。看到村中已破烂的学校，尚敏慷慨解囊，捐款20万元，易址重建，让乡亲们感动不已。

老谢临终时，留下遗言，想叶落归根。

三兄弟了却了他的心愿。

当老谢的骨灰送回村中路口时，全村男女老少倾巢而出，站在道路两旁，默默注视，迎接这位英雄凯旋。

老　范

要不是法院领导提醒，一直在办案一线的老范还认为自己年富力强，从未感觉到自己老了。

法官员额制改革快速推进，听说遴选为员额法官，能涨不少工资，老范也早早报名，跃跃欲试。

没想到，正待启动遴选之时，余院长把老范找来了。

余院长问："老范，这次遴选员额法官，你也报名啦？"

老范答："是的，我试试看。"

余院长沉默片刻，又说："老范，你都快50的人了，我看还是算了！"

老范便问："有年龄规定？"

余院长说："这倒没有。"接着，安慰开导老范说："这次改革，我们法院只有32个员额法官的名额，而目前我院有审判职称的人员有71人，这意味着原来由71人承办的案子，今后全部集中归这32人承办，到时办案的压力会很大。我思来想去，还是觉得应让那些'70后''80后'的年轻人去。"

老范知难而退，遴选员额法官还需考试、考核，如果院长不认可，那是没戏的。

值得一提的是，老范参加工作入职法院后，在很长一段时间大家都称他为"小范"，随着年龄增大，因他仍无一官半职，开始有人称他为"范法官"，而范法官谐音为"犯法官"，其时法院刚好一位法官因受贿而东窗事发、锒铛入狱，大家便公认为称范法官不妥，从而一致改口称他为老范。

这些年来，老范在政治上虽一直没有进步，随着年龄的增大，机会日渐成熟，他也希望自己被任命为副科审判员。两年前，院党组给了老范的面子，法院向上推荐五名后备干部，老范名列其中，虽排位垫底，也算给了老范一丝希望。

两年来，法院一个干部也没动，老范这个后备干部眼看就过期了。组织部门又来到法院，要求重新推荐后备干部。

分管政工的邓副院长找到老范，说："老范，你都这个年龄了，这次单位上就不考虑上报你后备干部了，没什么意见吧？"

老范笑了笑，即便是后备干部，个人不努力也是白搭。

其实，老范还是有一个社会头衔的，那就是县政协委员。因老范业余酷爱写作，在县里颇有知名度。上次县政协换届，有人提议，作为文化大县，应该有文学界的代表。由此，老范被县文联推荐为文化艺术界的县政协委员。

老范发挥政协委员的职能，履职情况良好，深得政协文史委郑主任的赏识。这届政协共编撰了五本文史资料，开全市之先河，编撰出版了县政协志，老范都是主笔、统稿人之一，凝聚了他大量心血。

政协面临换届，征求老范意见，老范表示同意留任。接着，县政协与组织、统战部门调研，决定在换届时原委员留任三分之一，经调研、酝酿、讨论，老范名列其中。

当各单位上报推荐政协委员候选人时，法院政治部孙主任找到老范，说："老范，你已当过一届政协委员了，这次政协换届，领导称要换换年轻人，你没什么想法吧？"

老范回答："由你们领导考虑决定。"

老范这一说，就当然不会考虑他了。

接二连三的遭遇，让老范有些纳闷，自己又不是领导干部，才可以退二线，而现在种种迹象表明，好像都在提示他可以去休息了。

院领导还是知人善任的，老范文笔好，院里的宣传工作薄弱，未能当上员额法官的老范，从业务庭室被安排到办公室，专门负责宣传工作。

老范刚参加工作时，就在办公室从事文秘、宣传工作，宣传工作是他的老本行，而且法院制定了宣传工作考评方案，对各级媒体发表的宣传稿件均有一定的奖励，非常可观。对这一工作安排，老范是满意的。

重回宣传岗位的老范，可谓轻车熟路、游刃有余。院里的宣传工作渐渐有了起色，在全市、全省也崭露头角。

领导对老范的工作给予了充分肯定，在大会小会上对老范进行表扬。只是，每年底，院里评选、评优，上报省、市先进，办公室童主任都会找老范说："老范，你工作没的说，成绩有目共睹，我们办公室推先进，我想你这年龄了，肯定无所谓，报其他年轻人怎么样？"

听主任这一说，老范都是无奈地笑笑。

在老范从事宣传工作的第三年。市委巡察组来到法院，开始对法院工作进行提级巡察。巡察中发现，法院每年对宣传成果进行物质奖励，认定为是违规发放奖励，责令退回。

老范有口难辩，这三年来近四万多元的宣传奖励被悉数退回。

老范恼羞成怒，从此，他再也不想为单位写宣传稿了。他每天以看书为乐，偶尔写写文学作品，挣取些微薄的稿费。恰好法院招进几名公务员，安排一年轻女孩接替了老范的宣传工作。

院里没人再关注老范，老范倒落得个轻松自在。

当然，也有一次，院长找过老范，夸老范有办案经验，想补录老范为员额法官。老范知道有几个年轻人入额后不堪重负，办案压力大，已上交申请，请辞员额法官。老范想起"好马不吃回头草"这句古话，断然拒绝。

过了些时日，当院里接到上级法院文件，要求各基层法院编撰法院志时，余院长才又想起了老范，觉得老范是个不二人选。

余院长找来老范，先是对老范进行一番吹捧，随后，提出把这一任务交给老范。

老范起初被余院长说得有些飘飘然，差点应承下来。冷静下来一想，自己是一名法院干警，安排为单位编撰法院志，肯定是不计报酬的。这让老范有些犹豫，想当年自己为县政协编写政协志，也按了千字百元的标准支付了稿费。前些日子，县文联组织编撰县里的文学史，也承诺千字百元的报酬。

老范提出让他考虑，没有马上应承或拒绝。

回到家，老范跟妻子说起了这事，遭到妻子强烈反对。

妻子为老范打抱不平："你在法院辛辛苦苦工作了这么多年，不但没捞到一官半职，就是评先评优都从来不考虑你，你那么卖命工作干吗？再说像你这个年龄，没当员额法官的，谁还在上班、做事？"

妻子这一说，坚定了老范的信心，老范便问："那如何跟院长说呢？"

妻子答："你就告诉他，年龄大了，身体又差，胜任不了。"

老范毅然辞去编撰法院志的重任，余院长无计可施，与县史志办联系，以每千字150元的编撰费外包给了县史志办。其实，县史志办仅有三人，为各地各单位编撰志书，都是在县内外聘有文字功底的退休人员参加。

县史志办周主任是老范同学，因该职务特殊，周主任已担任多年，都未能换岗或卸任。

周主任找到老范商量，决定把法院志交给老范执笔，稿酬丰厚，得到老范应承。

随后，周主任向余院长提出需法院安排一人协助、联络，并向余院长推出了老范。

当余院长再次找到老范，要求其配合法院志编撰时，老范轻声说道："协助可以。"

老范用了一年多时间，完成了法院志的编撰工作。

经审稿付梓后，法院支付了县史志办12万多元编撰费，县史志办按字数支付老范稿费7万多元。

老范得到这笔巨款，心里乐开了花，他执意要请周主任喝杯酒，以表谢意。二人推杯换盏后，周主任告诉老范，现各乡镇、各单位都陆续准备进行志书编撰。今后，如你愿意，有很多事做。

听老同学这一说，老范浑身是劲，心想：自己并不老呀！

老 马

老马是乡文化站的一名普通干部，多才多艺，作词谱曲，吹拉弹唱，样样能行。

老马为人忠厚，行事低调。乡文化站其实就老马一人，站长历年来都是由乡里的宣传干事兼任，与老马搭档工作过的文化站长已不下十人，每个站长都夸老马人好，工作负责任。

前些年乡里一年轻同事结婚，在街上最好的那家喜盈门酒店摆酒席，老马如邀而至，在大厅一角落坐下。坐了不久，新郎的大哥看到老马年长，也许是敬重他的才华，硬要将他拖进包厢，解释说："下午县委组织部领导到乡里来了，晚上书记、乡长都来不了了！"

盛情难却，老马被拉进包厢。看到已在包厢就座的几个乡党政班子成员，老马很不自在。

县委组织部的领导亲民，就在开席前几分钟，新郎亲自走进包厢告知组织部的领导会与书记、乡长一起来参加他的婚礼，那神色显得很兴奋、很激动。

老马明理，主动撤出包厢，在大厅转了一圈才找到一个被小孩腾出的座位。从此，老马对包厢有一种恐惧感，到哪里去喝酒都不愿踏进包厢，也从不愿坐上席，每逢开会也都谦恭地坐在后排，这样，他心里才感到踏实，从此，再没出现过坐不稳位子而挪位让位的尴尬情形。

虽老马连文化站长都没当上,组织上却给了他一个县政协委员的头衔。

县里开政协会,会堂开大会,都安排了座次,老马只需对号入座。分组讨论都在小型圆桌会议室,老马很快也悟出了,会议室最中间的那个大圆盘是坐县领导、政协常委的,老马称之为一环;一环后面那排位置是那些单位负责人,作为县中层干部的政协委员坐的,此为二环;再后面三环或四环,才是像他这种作为一般干部的政协委员坐的。老马到过一次北京,他这是参照北京交通线路来定位的。

乡里开大会,老马也是尽可能往后坐。

两年前,省委宣传部来乡里挂点,带队的领导是一名姓徐的副处长。徐处长也好音乐,欣赏老马的艺术才华,在乡下待着寂寞,就经常在老马房里泡,想学老马拉二胡。

老马毫不保留,手把手教会了徐处长,后来二人还经常一起合奏,配合得非常默契。

徐处长在乡里挂点两年,老马沾光不少,跟着一起吃过几次大餐,见识了县里好几位领导,年近50还被推上了后备干部。

徐处长挂点期满,乡里全体机关干部给他送行,徐处长握住老马的手,动情地说:"以后有什么事,尽管来找我。"

听了这话,老马擦了擦眼睛。

几天后,乡里开大会,老马照样坐在后面。

书记见前面有空位,指着座位对老马说:"老马,到这前面来坐,又说是后备干部要提拔,怎么每次开会都坐在后面!"

书记这么一说,让老马羞得面红耳赤,之后还大病了一场。

老　孟

老孟是县法院负责安检的保安，他原本是县钨矿的保卫科长，县钨矿改制后，才来法院应聘当保安。

起初，妻子和儿子都反对老孟去当保安，觉得当保安不体面，妻子是一名小学老师，儿子是中学老师，收入有保障，不缺老孟当保安挣的那点钱。老孟长得牛高马大、浑身是劲，才50出头，不想在家吃闲饭，打算干到60岁，退休后，有了退休金，就不干了。

随着国家依法治国的快速推进，诉至法院要求解决的各种纠纷层出不穷，每天涌入法院的群众越来越多，给法院安检工作带来很大的压力，老孟这个安检岗位非常辛苦。工作累点没关系，问题是，不少群众对法院安检不理解，老孟还经常要怄气。

"来法院办事还要安检，太麻烦，我又不是犯罪分子！"

"还是不是人民法院，人民群众都不能随便进去！"

"去党政大楼都不要安检，法官就这么胆小，就高人一等！"

……

这天上午，来一大腹便便的男子，背着手，未经安检，直往里走。

老孟手一拦："请您配合一下，进行安检！"

男子置若罔闻，像没听见。

老孟马上认出来了，此人是县公安局原副局长王大兴，做过内保科长,与那时在县钨矿当保卫科长的老孟工作上有联系,彼此认识。

"王局,请您配合一下,做下安检。"老孟满脸堆笑。

"我又没带什么违禁品,做什么安检?"王大兴瞪着老孟说。

老孟没有退让:"我们法院有规定,请理解!"

王大兴还想往里走,老孟硬是不让。

王大兴觉得老孟没给他面子,脱口而出,骂道:"真是个守门狗!"

看在多年的老交情上,老孟忍着也没生气,笑盈盈地说:"只要能保障大家的安全,你说什么都可以。"

王大兴拗不过老孟,只好很不情愿做了安检,才被允许入内。

后来,老孟才知道,王大兴来法院是因为女儿离婚的事,女儿王琪嫁给了一名中学老师郑平,她不满足与当中学老师的郑平过那平平淡淡的日子,后来认识了一个在广东经商的老板,那老板刚丧偶,王琪认识该老板后,迫不及待就想与丈夫郑平离婚。作为父亲的王大兴也是嫌贫爱富,竟然支持女儿离婚。法庭上双方唇枪舌剑,互不相让。

那天开完庭,已接近下班时间,双方走出法院大门,仍在大声争吵。

老孟脱下制服,准备回家。突然,他看见因愤怒而丧失理智的郑平从车上拿下一把水果刀,追上王大兴父女。老孟没有犹豫,赶紧冲了上去,正当郑平持刀从后面向王大兴捅过去时,被老孟迎面挡住。老孟奋力抓住郑平的水果刀,双手顿时血流如注。见此情形,王大兴父女俩吓得面如土色。

晚上,王大兴父女俩买了水果,登门向老孟道谢。

老孟说:"努力让每个出入法院的群众平平安安,就是我们法院保安最大的心愿。"

老　丁

　　丁连长从部队转业至县法院工作多年，仍未混上一官半职，大家便只好唤他老丁。

　　行伍出身的老丁四肢发达，头脑却不简单。

　　不过，老丁当年参加高考两次，均以几分之差而落榜，只好报名参军，来到部队。

　　老丁文化功底不错，在部队很快崭露头角，连队安排其担任文书兼通讯报道员。

　　老丁好学上进，表现出色，给连队写了大量的通讯报道，他还涉猎文学，偶有作品发表，被连队领导看好。入伍第二年，老丁顺利考上军事院校，此后，在部队茁壮成长，数年后，官至连长。老丁喜欢法律，服役期间，他又自学了大学法律课程，取得法律自学考试本科文凭，还通过了司法考试。

　　老丁从部队转业，想发挥其特长，要求进法院工作，组织上知人善任，果然把他分在县法院。

　　毕竟老丁是连级干部，又通过了司法考试。老丁在法院民事庭干了半年书记员，就被任命为助审员，当了半年助审员，又任命为审判员，开始独自承办案件。

　　老丁正直、刚毅，办起案来真的是油盐不进，就是院长说情，也不买账。

　　这不，老丁很快受挫了。在处理一起合同纠纷时，院长找到老丁为被告宁某说情，提示老丁原被告按责任分担，四六开或者三七开。老丁开庭审理后，发现宁某无理，经调解无效，判决宁某承担全部责任。

判决下来，院长得知后把老丁找去，批评他，没想到老丁竟和院长干起来了，跟院长讲法理，上法律课，气得院长脸色铁青。本来老丁来法院这几年表现不错，院里正考虑给他报个副庭长，这一闹也就泡汤了。

事后，老丁才知道，这个宁某是县委组织部部长的亲戚。此事，让部长脸上无光，把院长奚落了一通。

院长担心把老丁放在业务庭主办案件，今后把控不了。这年底，把老丁调到执行局去了。

在执行岗位，老丁工作起来也是雷厉风行。没想到，老丁又惹事了。那天，老丁带着书记员小刘去执行一起相邻纠纷案，被执行人彭某强行阻止申请执行人高某按中级人民法院终审判决建筑围墙。经警告无效，老丁与小刘上前制止彭某，没想到彭某有恃无恐，用力把小刘推倒在地。老丁勃然大怒，当即把彭某铐起来了。

老丁向分管执行的副院长汇报，他也知道彭某仗着自己大哥是县人大常委会主任。对事不对人，老丁只汇报案情及执行受阻经过，没有交代被执行人特殊背景，副院长听后当即拍板："拘留15天。"

老丁刚把彭某送进看守所，副院长便追来了电话，叫老丁马上放人。老丁犟脾气来了，置之不理。搞得院长和副院长如热锅上的蚂蚁，急得团团转。

经历此事后，几位院领导达成共识，不久，把老丁打入他们印象中的"冷宫"，调至法警大队。

没有办案的烦恼，老丁落得个清闲，重操秃笔，又开始进行文学创作，也写写法学论文，成果颇丰，尝到甜头后，更是全身心致力于此，其乐融融。

这年建军节，法院召开退伍军人座谈会。

闲聊中，院长问老丁："在法警大队还适应吧？"

老丁答："谢谢领导关心！我感觉在法警大队挺好的，首先，在法警大队没有办案压力，内心轻松多了，其次，法警大队经常组织体能训练，身体棒棒的，此外，法警大队没有办案权，不用担心廉政风险。"

院长插手一破产企业土地拍卖被举报，纪委工作人员刚请他"喝茶"，听老丁说到"廉政"一词，他的脸上似蚊虫叮咬，有点变形。

当然，在推行司法体制改革时，老丁有些心动。不管怎么说，在法院，法官是"长衣帮"，法警是"短衣帮"，老丁还是脱不下孔乙己的长衫，跃跃欲试，想报考员额法官。

"你是自学的法律文凭，比不上那些科班生，像你这种军转干部，还是当法警合适。"对找上门的老丁，院长满脸不屑。

院长这一说，老丁知趣而返，决定将法警工作进行到底。

老丁不气馁，他想当法警也不能被人小瞧。每年都要写篇法学论文，参加全国法院学术讨论会，累获奖项。发表的小说先后得到省市文联资金扶持，顺利结集出版，由此，他加入了省作家协会。

这年，老丁的一篇法学论文开全院历史先河，荣获全国一等奖。在随后召开的全省法院调研骨干培训班上，老丁作为获奖作者应邀给学员们做经验介绍。

身穿警服的老丁，出现在这种场合，颇有些别扭。

开场白上，老丁坦言，在我们法院，大家都对我们法警有偏见，所以我每年都要写一两篇论文参赛，你们在座的大多被人冠以"学者型法官"，那我应该也可以称得上"学者型法警"。

老 彭

老彭原本是供销社的仓库保管员，供销系统改制，他下岗了，便来到局里当门卫，且一干就近二十年。

老彭走路有点跛，与大家熟悉后，有人问起他，他才告知：他当过兵，参加过对越自卫反击战，在战场上受伤没有得到及时治疗，落下了残疾。

听说老彭有这么一段经历，大家对老彭都格外尊重。老彭非常勤快，也很负责，从没有出过任何差错。

局里负责保洁的阿姨病了，老彭又主动做起了保洁工作，每天都要忙到很晚，才能收拾妥当。

老彭心细而节俭，每天打扫好卫生，他都会把矿泉水瓶、饮料瓶及废纸收拾好，整整齐齐放在值班室的角落里。大家便认为，老彭贪小便宜，主动搞卫生是为了收废物卖钱。

医院诊断这位保洁阿姨患的是白血病，局长仁爱，号召大家捐款，老彭也跃跃欲试。老彭了解到捐款最多的是局长，捐了300元。老彭有自知之明，于是他把带来的500元先给了办公室小刘300元。

小刘大吃一惊，"彭师傅，您捐这么多？"

老彭说："我今年初办理了退休手续，有3000多块钱退休费，在这里做门卫又有2000多收入，而且吃住在局里，没什么开支。"

值得一提的是，老彭爱人在他来当门卫前就病逝了，儿子也在外参军，正如他常说的，在县城，他孤身一人，无牵无挂。

老彭先给过小刘 300 元捐款后，又递给小刘 200 元，说："这是这些天打扫卫生时收拾废品卖的钱。"

小刘茫然，"这算谁捐的？"

老彭说："你就写收废品。"

事实上，老彭卖废品只得了 117 元。

上级领导来视察，发现门卫年纪大、又跛脚，不由皱了皱眉。领导认为门卫是个很重要的岗位，指示应由年轻人来担任。

局长有些左右为难，对老彭，他是非常满意的。

问题很快迎刃而解，保洁阿姨患病不久，就主动提出辞职。

办公室主任找老彭商量，问其是否愿意换岗做保洁工作，老彭爽快答应了，还调侃说："我已试用一个多月，大家还满意吧？"

主任肯定道："你完全可以胜任！"

从此，老彭转岗负责保洁。

老彭的儿子转业回到县城，劝老彭不要去做保洁工作了，安排其负责接送读小学的孙子。"

"做完七月份，下个月就回家了。"老彭说。

"八一"前夕，局里召开退役军人座谈会，大家知道老彭马上要走了，把他邀请过去。

老彭很激动，还发了言："这些年，我吃住在局里，真正找到了家的感觉。大家都知道我早年丧偶，儿子又在外服役，是局里给了我家的温暖，我真的舍不得大家，以后我还会常回来看看。"

说完，老彭向大家行了个标准的军礼。

其实，老彭的儿媳妇在其孙子读书的学校教书，孙子根本用不着他接送，老彭在家也没啥事。

老彭住的地方离局老干部活动室很近，辞职后的老彭喜欢去聊聊天、看看报、打打牌，不知不觉，老彭把活动室的保洁工作应承下来，解决了老局长安排人员打扫活动室的难题。

从此，老彭每天上午第一个来到活动室，为大家烧好开水，下午待大家都走后，把活动室收拾好，最后一个离开。

汪大爷

县城棚改，世居中心城区的汪大爷不得不随儿子搬迁至县城一隅。房子是新的，确已远离了闹市，而且又是套房，不像原来的单家独院，有天有地。

汪大爷年过80，腿脚不利索，安置房全是七层的，儿子分在六层，没有电梯。幸亏每户在底层有个十来平方米的杂物间，汪大爷执意住在杂物间，还独自解决吃饭问题。

安置房整整齐齐建了几十栋，然而毕竟偏僻，盗窃事件时有发生。汪大爷固守一楼杂物间，他这栋楼就从未出现过。汪大爷是什么人？行伍出身，退伍后在企业保卫科，企业改制后，到银行当保安，退休了，又去机关当门卫。直到几年前，下班时被摩托车撞了，造成腿部骨折，加之年龄也大了，才不得不回家休息。

住在杂物间，汪大爷感到逼仄，每天吃过饭，他习惯性地到四周晃悠，看到有丢弃的饮料瓶、废纸壳，便捡回来，收拾好，放在杂物间门口。

这不是在捡破烂吗？儿子儿媳妇看了直皱眉，他们在单位当干部，要面子，劝道："爸，你这么大年龄了，又不缺钱花，怎么去捡这些东西？"

汪大爷称："这些东西可以回收使用，不会浪费了！"

汪大爷固执，没有理会。

已退休的大女儿经常来探望，儿子儿媳妇便叫大姐去劝父亲。

大姐心细，善解人意，回复说："爸爸有点事做也好，不会感到寂寞，又可以锻炼一下手脚。"

大姐这一说，二人只能无奈地摇摇头。

汪大爷大概尝到了甜头，又开始从楼下和四周的垃圾桶中找废品。每天傍晚，不论多少，他定会将当日捡来的废品用塑料袋装好，用扁担挑起，步履蹒跚，一瘸一拐挑到安置房旁边的一个废品收购店去，从不过夜，也从不卖给其他上门收废品者。

汪大爷的小儿子在省城开公司，前些年，县里搞的"天网工程"都是他公司承包的。汪大爷搬至安置房后，小儿子回来过一次，看到父亲住在杂物间，感觉不放心，想在杂物间安监控，汪大爷没同意。

小儿子又提出在房前安装监控，又被汪大爷断然拒绝："我一个大活人住在楼下，还要你那种监控！"

不过，经小儿子游说，其他那几十栋安置房四周，大多家家凑钱，安上了监控，毕竟他们已饱受盗窃之苦。

同楼的邻居们应该都感觉到了住在楼底的汪大爷给他们带来的益处，不知不觉，邻居们家中有废品，不再随垃圾倒掉，而是在倒垃圾时，先分拣开了，放在汪大爷住处门口。

每当邻居们拿来废品，汪大爷总是赔着笑，说："你自己留下来卖！"

后来，他习惯了，便点头，说道："谢谢、谢谢！"

县城开通快递业务后，汪大爷这又成为快递中转站，邻居们不在家，都吩咐快递员将包裹放在汪大爷处，汪大爷也乐此不疲。

开朗、勤快的汪大爷还真的长寿，年逾90，每天仍一如既往坚持捡废品，收快递。在邻居们看来，汪大爷完全可以成为百岁老人。

那是冬天的一个夜晚，天阴地黑，疾风呼啸。这天，汪大爷比往日睡得要早些。睡梦中的汪大爷仍很警觉，他听到门外的细语声，马上从床上坐起，没有开灯，窸窸窣窣穿上外套，悄悄地打开房门，只见两个黑影搬着东西正欲离开，汪大爷不顾一切，冲了过去，大喝一声："把东西放下！"

两个小偷见是一老人，仍不愿放下手中物，想快速离开，被赶过来的汪大爷拉扯住，汪大爷一边拼尽全力拉住两个小偷，一边大声呼喊："抓小偷，抓小偷！"

两个小偷一惊，丢下东西，把汪大爷推倒在地，快速逃离。

邻居们听到汪大爷的呼喊声，纷纷跑了下来，看到了倒地的汪大爷，旁边还有电瓶车的电瓶。

汪大爷儿子在众邻居的帮助下，当即把汪大爷送到医院。

汪大爷住院后，邻居们争相前来探望照顾他。没想到，一向硬朗的汪大爷一病不起，他断定自己年限已到，待小儿子回来，向他交代说："我不能给大家看门了，这些年收废品我攒下了一万多块钱，你负责给安装几个监控，让大家不再担心小偷来偷东西了！"

汪大爷寿终正寝，享年 95 岁。

汪大爷走后，邻居们仍常念起他，都说："要不是那两个该死的小偷，汪大爷一定可以活过 100 岁的。"

老谭这人

在部队锻炼过的人就是不一样——勤快。

老谭转业分配在县法院办公室后,每天早早来到单位,扫地、抹桌子、烧开水。待大家陆续上班来了,老谭已给办公室的每个人泡好了茶。

办公室小高原本都喝饮料或矿泉水,老谭照样给他泡上茶水,慢慢的,他也开始喝开水了,并爱上了喝茶。每天上班,目睹办公桌上的茶水,感激之情油然而生。

老谭喝水多,每次在给自己续水前,他定会绕办公室一圈,先逐一给大家续上。

小高每每看到老谭过来续水,总是起身相迎,连连道谢,老谭便笑着说:"喝点茶水好!"

受老谭的影响,间或老谭外出或有人来得更早,也会像老谭那样给每个人泡上茶水,续水时也会一一先给他人续上。由此,办公室五人相处和谐,其乐融融。

老谭在部队当过文书,在法院他重操旧业,负责收发文件、会议记录和文稿起草。

院里大小会议,只要老谭参会,他在做好会议记录的同时,还会主动承担续水的任务,不管主席台上的领导,还是坐在下面的一般干警,只要桌面上摆放了水杯的,他都会给续上,一个不漏,乐此不疲。大家均可以放心喝上开水。

法院换届，蒋院长从省直机关空降过来。院长只身一人来到县里，生活多有不便。不久，院长物色了一名女干警小苏到办公室，接替老谭，负责收发文件、会议记录，及照顾院长的饮食起居。老谭被组织上安排到法警大队。

小苏人漂亮，却高傲。不管开什么会，她只负责给主席台上的院领导加水，无视其他干警的存在。渐渐的，院里开大会，坐在台下的干警没有人带水杯了，毕竟大家在主楼上班，离开会的副楼还是有段距离。还有，你的杯中水没了，自己不方便出去，又没人给你续水，难免尴尬。小苏连办公室徐主任的面子也不给，细心的老谭发现：起初，每次开大会，徐主任都带上保温杯端坐第一排，小苏间或给台上的院领导加水，却从未给坐在一旁的徐主任加。经历几次后，徐主任明白过来，就不带保温杯参会了。老谭摇摇头，认为徐主任作为办公室主任管理失责，他完全可以提醒小苏的。老谭还发现，刚退下的陈副院长，但凡参会，坐在台下前排，他也从不带水杯了，而是在开会前，从会议室一角拿瓶矿泉水，放在桌上。从此，会场泾渭分明，台上领导喝茶水，台下干警清一色的矿泉水，不管冬天还是夏天。

老谭不在办公室，院里开大会，他不可能越俎代庖给大家续水。不过，来到法警大队，这些法警弟兄有福了，他每天给他们泡茶续水。老谭勤快惯了，但凡在外用餐，老谭定会揽下泡茶续水这一任务。老谭参加支部会，他也一直坚持给大家泡茶续水。每年"八一"前夕，院里召开退役军人座谈会，也是老谭为大家泡茶续水。这么多年来，老谭都习惯了，不用他人吩咐。

这天，院长亲自担任审判长，对一起重大案件进行庭审。老谭作为法警参加值庭。

因案情复杂，颇费周折，院长频频喝水，不知不觉保温杯水见底了。当院长再次拿起杯子，仰起头却未能喝上水时，坐在旁边一起组成合议庭的刑庭庭长示意站在前面的老谭:"啧,老谭,给院长加点水过来!"

以往老谭值庭,看到刑庭的陈老法官没水了,他经常主动去帮陈老续水,那是因为他对陈老法官发自内心的尊重,但从没有任何人指使过他。

庭长这"啧"的一声,让老谭心里很不是滋味,他当即回道:"报告审判人员,给你们续水不是我们司法警察的职责!"

老谭此话一出,庭长气得脸色发青,支吾着说:"这老谭……"

第六章

成语故事

顾此失彼

蔡某可以说是广平县出去的红人。大学毕业后,被分在市委办工作,因笔杆子过硬,又被调到省委办公厅工作,专给省委领导写讲话稿。蔡某虽还只是个秘书,但回广平县说话还是很有分量的,书记、县长都得听。

这年夏天,蔡某小学一同学范某来省城找他,当年的小学同学已是一个乡中学的校长。俗话说:无事不登三宝殿。范某这次来找蔡某,称县教育局缺一个副局长,他是副局长的候选人,恳请蔡某帮他一把,跟县里的主要领导打声招呼。

对蔡某来说,这可谓小菜一碟,他爽快答应了。

蔡某没有食言,当晚他便给老家的县委书记打了电话,把范某的事敲定了。

不久后,蔡某接到范某来的电话,范某如愿了,电话中一再对蔡某这位老同学表示感谢。

近日,蔡某听说姑姑得了癌症,抽空回来探望。病床上的姑姑告诉蔡某:"我二女儿老公小罗,在县教育局当办公室主任多年,眼看着要提副局长了,结果却让一个乡下的校长抢走了。都怪小罗他自己,认为很有把握,本来我想打电话给你,让你跟县里的领导说一声,他硬说没必要。这下你看,到手的鸭子都飞走了。以后我看难得有这么好的机会了!"

蔡某听后,哭笑不得,摇头叹道:真是顾此失彼!

今非昔比

老局长生了孙子。这让小姚科长夫妻俩非常纠结,首先夫妻俩争执的问题是要不要随礼,其次是要随多少礼的问题。

姚科长是老局长一手提拔上来的,虽当初姚科长也付出了不少代价。姚科长认为做人还是得讲点感情,况且老局长退下还不到两年,他坚持礼一定得随。

老局长在位时乔迁,以及他儿子考大学、结婚,姚科长每次都不请自到,毫不犹豫地包上两三千元。这次随礼,包多了姚科长夫妻不舍得,包少了又怕老局长有看法。夫妻俩经反复酝酿,最后决定包上一千元,也勉强过得去。

老局长孙子的满月酒席,比以往的各种酒席明显小了。局里只有小姚,还有老局长原来的司机去了。

小姚的到来,让老局长很感动。

席后,老局长执意要将小姚的红包退回来,小姚自然推辞不肯,老局长便感慨地说:"你能来我很高兴,我可是今非昔比,现在帮不上你什么忙了!"

虽老局长说得很认真,小姚还是没接下老局长的红包。

第二天上午刚上班,老局长司机来到小姚办公室,说:"姚科,这红包老局长委托我交给你,听老局长说除几个内亲的,其他人的礼都退了。"小姚从老局长司机手中接过红包,发现红包原封未动,心中感慨万千。

不进则退

县林业局郝局长虽年逾五十，身体仍很硬朗，工作热情不减。

以往，局里的那些领导，过了50岁之后，自知政治生涯进入倒计时，数着日子等着组织部门找去谈话，退居二线，颐养天年，因此，工作都因循守旧、毫无创新。干部们倒也落得个清闲。

郝局长却与众不同。近来，郝局长隐隐约约感到干部们都知道他快要从局长岗位退下，他说的话，好像更没人听了；布置的工作，也更难落实了，为此，每每在大会小会上，他都要吆喝几句，称自己："在位一天，做好一天。"要求干部们："珍惜每一天，干好每件事。"郝局长自己工作毫无懈怠，要求干部们也不能放松。

背地里，干部们私下里都议论："老郝都这把年纪了，蹦跶不了几天了，还瞎折腾什么呢？天天嚷着争选创优，工作抓得这么紧，把大家累得够呛。"

眼看着县乡换届的日子一天天临近，郝局长还是干劲十足，干部们看了都摇头，觉得难以理解。

俗话说："燕雀安知鸿鹄之志哉！"

县级班子换届前，郝局长通过努力，竟然被列入副县后备干部，在县林业局可谓开历史之先河，让全局干部顿悟。

几个月后，郝局长顺利当选为县人大常委会副主任。

看到一个个同龄人在这次县乡换届中都退出领导岗位,一次,与几个同学聚会,郝主任解释说:"像他这个年纪,这次换届可谓不进则退。"

以牙还牙

县一中新建的学生公寓落成了,却苦于无钱装修及添置用具。眼看就要秋季入学了,校长急得是团团转,多次找银行贷款未果后,校长找到县里分管教育的副县长,想请副县长给银行行长说说情。副县长给银行行长打了招呼,可银行行长还是不怎么买账,毕竟银行是垂直管理单位,县里管不到。

看到校长那着急的样子,承包学生公寓的老板便提醒校长,叫校长放下架子,舍得出血,去银行重金打点银行行长。校长无奈,只好死马当活马医,听了老板的建议,很不情愿地塞给银行行长一个大红包。此举果然奏效,校长要的贷款很快就给办下来了,秋季开学,学生公寓按时交付使用。

两年后,贷款到期,虽银行多次派人催收,校长就是置之不理。银行行长也打电话给了校长,也找了分管财贸的副县长。校长口头答应想办法,可就是没有行动。

银行行长想起诉学校,可考虑到放贷时自己得了学校两万元红包,他估计学校肯定做了账的,是板上钉钉的事实,因而他实在硬不起来。

几番交涉未果后,银行行长只好吐出那两万元礼金,并付上利息,连本带息给校长送去两万五千余元,校长交给学校做了出入账。

第二天,学校的贷款如数还清。

第七章
脱贫路上

还　俗

已是腊月二十四，节气尚属小寒，天气十分寒冷。

这天，家亮早早起床，驱车来到自己挂点扶贫的清水村。春节临近，这是今年最后的一次走访了。

家亮在清水村共有 5 户帮扶对象，他快速走完了 4 户，还有一项艰巨的任务需要他去完成。他今天必须上莲花峰，进莲花寺，说服冯老太太，把她接回家过年。

冯老太太也是家亮的帮扶对象，她是个苦命人，丈夫早逝，丢下她和儿子相依为命。儿子 6 岁时，患了脊髓灰质炎，导致左腿残疾。她的儿子叫冬根，因住在山区，家境贫寒，身有残疾，年逾 40，还是单身。冬根自小缺乏父爱，被人歧视，性格怪僻，而自暴自弃，染上了嗜酒好赌的恶习，身上从来留不住半分钱。

几年前，法院分配家亮到清水村扶贫，来到冬根家，还以为家中就他一人。经了解，才知他有个老母亲。陪同家亮入户走访的村主任悄悄告诉他，冬根的母亲在村后面的莲花峰上的莲花寺。因冬根不争气，有一次因没钱赌博，把祖上流传下来的一个玉石手镯都当了。那晚冬根醉酒回家，遭母亲责骂，冬根恼羞成怒，一巴掌朝他母亲打去，把他母亲的一个门牙都打下来了。他母亲伤心欲绝，对他彻底失望了，便上了莲花寺，吃斋念佛，保佑来世，一直不愿下来。从此，冬根如脱缰的野马，更加放荡不羁。

从冬根家出来，家亮心凉凉的。他又上到莲花寺，看望冬根母亲冯老太太，劝说她下山与儿子共同生活，然而好说歹说，她都摇头拒绝。

这户贫困户该如何帮扶，家亮沉思良久，还是一筹莫展。

再次来到清水村，家亮首先来到冬根家。这次家亮家访很仔细，他走进了冬根家厨房。细心的他发现冬根厨房橱子里放着几瓶蜂蜜，便问："你也喜欢吃蜂蜜？"

"这是我自己养的蜜蜂产的蜂蜜。"冬根回答说。

随后，在家亮的要求下，冬根领着来到屋后，看了他家养的那几箱蜜蜂。

"你会养蜜蜂？"家亮问。

"当然会，我们这屋靠大山，世代都有养蜂的传统。"冬根说。

"你的蜂蜜卖吗？"家亮又问。

"不卖，都是留着自己吃。"冬根说。

看到冬根家中积存的几十斤蜂蜜，家亮心有不甘，计上心来："能不能卖点给我？我带回县城送人。"

家亮是法官，冬根对他还是非常敬重。

"你要多少，我送给你。"

"这可不行，你不收钱，我肯定不能要！"

"那就算40元一斤吧，村里有时会有人上门来买，我都是按这个价钱。"

"我听说城里都买60元一斤，还没你的这么好。"家亮告诉冬根。

"有这么好的价钱！"冬根吃惊地说。

家亮向冬根要了10斤，硬塞给冬根600元，冬根再三推辞，只收了400元。

家亮将冬根那买的蜂蜜带回家,得到妻子的好评,直夸蜂蜜纯正,味道甜润。

　　家亮由此有了主意,冬根有养蜂的技术,何不鼓励他扩大规模,多养些,效益一定非常可观。

　　在家亮的说服和帮助下,冬根开始不断扩大养蜂的数量。家亮已向冬根承诺过,产出的蜂蜜他会负责卖,让冬根只管放心大胆去养。

　　家亮从城里选购了一些能装10斤、5斤蜂蜜的玻璃瓶送到冬根家,吩咐他一一盛好,每次家亮来到清水村,便将冬根的蜂蜜带回县城。法院有近两百名干警,家亮在法院干警群一晒,你10斤、他5斤,带回的蜂蜜马上抢购一空。

　　冬根尝到了甜头,干劲十足。随着冬根蜜蜂的产量上升,家亮又让妻子秋莲在她执教的县城一小发信息,帮冬根卖蜂蜜。接着,家亮又在小区业主群为冬根做广告,一度冬根的蜂蜜还供不应求。

　　有了养蜂这一产业,冬根也戒了酗酒、赌博的恶习。去年冬,在家亮的撮合下,冬根喜结良缘,娶上了媳妇雪华,雪华虽是死了丈夫的人,但她能吃苦耐劳。

　　冬根娶雪华时,家亮领着冬根去过莲花寺,想劝说冬根母亲冯老太太下山来。见到冬根,冯老太太总是躲闪,后来冯老太太对冬根数落一番后,冬根一气之下扬长而去。家亮还是未能如愿,说服冯老太太。

　　莲花寺乃千年古寺,朝拜者众。看到冬根蜂蜜产量的增大,家亮又给冬根出了个主意,在上莲花寺的路上立了个广告牌,告知路旁100米处销售纯正蜂蜜。由此,冬根就地便能卖出很多的蜂蜜。

　　小蜜蜂给冬根带来了甜蜜的生活。婚后,雪华成了冬根的好帮手。

雪华怀孕了,更是让冬根高兴得合不拢嘴。

转眼年关将至,雪华的肚子也一天天大了起来。家亮想,这是个好机会,这次他一定要说服冯老太太让她下山。

上莲花峰本有条简易的公路,因天气寒冷,路上结冰,开车上山不安全,家亮是沿那条旧石路徒步上山的。

爬上莲花峰,来到莲花寺,这次家亮没有直接找冯老太太,而是找到方丈。家亮与方丈都是县政协委员,两人一起开过会,互相认识。

家亮向方丈说明来意。

方丈听后,双手合拢:"阿弥陀佛,善哉!善哉!出家人应以慈悲为怀。"

经家亮与方丈一起努力劝说,又听说儿媳妇有了身孕,即将分娩,冯老太太终于动心了,同意还俗下山,与家人一起生活。

冯老太太简单收拾了一点东西,与家亮一起步入下山的小道。

家亮背上冯老太太的行李,手搀着她,两人一步步往山下走。

回到冬根家,已近黄昏。

看到两人进来,冬根忙迎了出来,大声地叫了一声:"妈!"接过家亮手中的行李,并将一个已准备好的火笼送给母亲。

雪华听到响声,从厨房里走了出来,也甜甜地叫了冯老太太一声:"妈!"

听到儿媳妇这一叫,冯老太太脸上瞬间绽开了笑容。

接着,雪华又说:"你们饿了吧?我马上做饭吃。"转身便往厨房走去。

冯老太太见雪华腆着的大肚子,马上跟进厨房,她心疼儿媳妇,说:"你休息一下吧,妈来做饭。"

见此情此景,家亮终于放下心,他谢绝了冬根一家人的挽留,决定马上回城。

　　此时天上又下起了雪,家亮想必须趁早赶回去,否则雪大了,路上积雪,很难行走。

结　亲

　　局长找马平谈话，想安排马平去乡下扶贫、担任第一书记，马平毫不犹豫就应承下来。

　　马平从山村来，熟悉山村、热爱山村，在山村他待得下、扎得住。去乡下扶贫，担任第一书记，每个月还有2000余元的补助，这对马平也很有吸引力。马平妻子桃英无正式工作，在县城简单找些零星活干，以补贴家用。自今年女儿小芬读初中后，马平便吩咐桃英不要出外做事，就在家做家务，照顾好女儿。一家三口仅靠马平一人工资，也常常捉襟见肘。

　　马平是来到松山村扶贫后，才认识桃红的。

　　桃红是个才20出头的年轻姑娘，秀气美丽、温柔贤惠，却是个苦命人。嫁到松山村不到两个月，丈夫桥生就患上了白血病。

　　桥生患病后，村中开始有了些闲言碎语，说桃红克夫。虽然没有人当面说桃红，细心的桃红隐隐约约还是察觉到了。

　　冬天，一些村中无事的女人在坪里扎堆晒太阳，总有几个长舌妇爱说三道四。有一次，那些女人正聊得起劲，猛然看到桃红走近，说笑声戛然而止，桃红也没搭理她们，径直而过。

　　就连桃红的公公、婆婆也像换了人似的，转眼间没有了以往对桃红的热情，对桃红变得冷漠，甚至白眼相待。

　　桃红娘家人得知此事后，都劝桃红与桥生离婚，父亲不止一次给桃红打电话："你与桥生离婚吧，趁年轻又还未开怀，马上找一个婆家。"

善良的桃红不忍心抛弃已患绝症的丈夫,在电话中总是嗫嚅着说:"我不能这样,良心上过不去,也会受人指责的!"

桃红的回话,让父亲气得暴跳如雷,挂断电话。

断断续续数次的化疗后,桥生头发基本掉光。

桥生患病不久,村中开始评定贫困户,把这对年轻夫妻纳入其中。

桥生是马平对接的七户贫困户之一。马平对这对年轻夫妻动了恻隐之心,他来得最勤。

每次来到桥生家,马平都要详细询问桥生的治疗情况,说些宽心的话,鼓励桥生要坚强。

渐渐地马平与桥生、桃红都熟络起来,小两口打心眼里欢迎这个来自县城的第一书记。

一天,趁桥生睡熟之际,桃红问:"马书记,你认为有克夫这一说法吗?"

马平说:"那是封建迷信的说法,没有科学依据。"

桃红说:"可村中不少人都背地里说我克夫,我公公婆婆也这样认为。"

马平说:"尽是瞎说,我要为你正名,好好地说说这些人。"

经马平一打听才知,桥生初中毕业就到温州一家皮鞋厂打工,一干就是六年,他想桥生的病应该与此有关。

马平向桃红做了一番解释,告诉她说:"皮鞋厂的工人——油漆工,以及长期接触甲醛、苯等有毒气体的人容易患白血病。"

桃红听后,宽心了不少,脸上露出了少有的笑容。

马平又找桃红的公公、婆婆说了此事,在村中也反复游说告诉大家,桥生患白血病,与他在皮鞋厂打工多年有关。

看到公公、婆婆及村民对桃红有了笑容,桃红对马平感激地说:"谢谢你为我洗刷了冤屈,澄清了事实。"

"你对丈夫不离不弃,细心照顾,应该是大家学习的榜样!"马平夸赞说。

持续两年多的疾病把桥生折磨得形容枯槁、奄奄一息。

桥生最后一次抢救是马平开车送他到县医院的,随行照料的只有桃红。桥生有一个哥哥,远在广东打工,他父母又已年迈未能成行。

在医院抢救数小时,等桥生的病情稍稍稳定下来,已是晚上了。

"马书记,你辛苦了,回家休息吧。"桃红劝马平。

"我留下来帮帮你,你一个女人家不容易。"马平平静地说。

"自己的丈夫,我不会害怕,你不用担心。"桃红说。

"病情很容易反复,我还是多待一会儿。"马平说。

马平陪着桃红在桥生的病床前整整守了一个晚上。

第二天清晨,桥生的病情再度恶化,弥留之际,他抓住床前马平的手说:"马书记,感谢你了,你是个好人。"

接着,又对近在咫尺的妻子桃红说:"谢谢你这几年照顾我,我对不起你!"

桥生去了,办完丧事,见桃红仍没走的意思,公公、婆婆担心她霸占房子。

几年前,村中土坯房改建,桥生与哥哥每人盖了两间新房。虽建房地基是祖宅,可建房的钱全是桥生自己打工挣的。

细心的马平看出了桃红公公、婆婆心中的小九九,又为桃红主持公道,明确告诉二老,按照法律规定桃红与其公公、婆婆三人对此房屋有同等继承权。

桃红没要这房子,按农村风俗,桥生"满七"后,桃红收拾自己衣物离开村子,决定到县城去打工。

第七章 脱贫路上

恰好马平单位的食堂要招个人打杂，马平向领导汇报了桃红的事情，领导给了马平的面子。话也说回来，桃红也的确是个不错的人选。

当马平告诉桃红后，桃红感动得已是泪流满面、泣不成声。

桃红进了城，找到了满意的工作，开始了新的生活。

事有凑巧，马平的妻子桃英在一次发烧后，竟然也被确诊为白血病，马平强忍内心的痛苦，没让眼泪流出来。

桃红成了马平坚强的后盾，她每天都来马平家照顾患病的桃英，帮助做各种家务活，这让马平很过意不去。

桃红见马平对自己那样客气，便坦诚地说："你是我的恩人，你曾对我说的，我们是亲戚，我能为你们做点事情，我内心感到很高兴。"

听桃红这么一说，马平竟无言以对，脸上微微一笑。

"再说我照顾病人有经验，什么家务活儿我都能干。马书记，你放心吧。"

桃英、桃红真是前世修来的姐妹，两人相处几天真的亲如姐妹，无话不说。

桃英在桃红的悉心照顾下，她觉得很幸福。

桃英看见桃红对马平那样客客气气，总是"马书记"地叫着，觉得别扭。在一次饭桌上，当着大家面，桃英说："桃红，我们都亲如姐妹，你今后在家叫马平就叫大哥了。"

小芬附和说："是、是，都是一家人。"

自此，桃红改口叫马平"马大哥"。

桃英也未能逃过病魔的魔爪，不到一年，她也去了。

临终前，桃英对病床前的丈夫、女儿和桃红说："我要走了，有个愿望很想跟你们说说。"

三人目光注视着桃英，屋内一片沉静。

227

"马平、桃红,你们都是好人,我去世后,希望你们能结为夫妻,共同照顾小芬,我想你们一定会很幸福的。"

三人听了都惊得目瞪口呆。

桃英看着桃红,此时的桃红满脸绯红,默默地低下了头。

马平却低着头,默不作声。

小芬打破沉默,哭着说:"爸,你就答应妈妈吧!"

小芬懂事了,她把爸爸拉到桃红身旁,三人的手紧紧握在一起。

反 哺

秋去冬来，枫叶红了，脐橙也熟了，漫山遍野铺满了金黄。

三年来的日夜劳作，辛勤耕耘，终于盼来了好收成。肖宝生长长地舒了口气，一种感激之情油然而生，心想："多亏了帮扶干部马华对自己的帮助和鼓励。"

肖宝生原本买了台农用车跑运输，一场意外车祸险些要了他的命，致使身上落下残疾，殷实的家也变得一贫如洗，他由此变得一蹶不振。

马华来到柏树村，与肖宝生家结对帮扶后，了解到他的家庭情况，起初也一筹莫展。

马华是林校毕业的，在柏树村待了几天，在村庄四周走过一遍后，他敏锐地发现这里的环境适合种植脐橙。

马华让肖宝生带着去看了他的自留山，心中大喜。山上全是砂壤土，背风向阳，光照充足，真乃种脐橙的好地方。

"宝生，你这自留山上也没什么树木，要不用来种脐橙，这里很适宜种脐橙。"马华说。

"我一无资金，二无技术，怎么种？"肖宝生听后摇了摇头。

马华决心已定，他数次上门去说服肖宝生："资金我们一起想办法，现在贫困户发展产业可贴息贷款五万元，至于种植技术，你放心，我是学林的，我负责。"

说服肖宝生后，马华领着肖宝生办好了各种手续，又与妻子慧敏商议，提出将家中十万元存款借给肖宝生。

慧敏不乐意，说："非亲非故的，我们就这点存款，借出去，要是收不回怎么办？"

马华说："你放心，我看得准，稳赚不赔。"

在马华的帮助张罗下，开山破土，肖宝生在自留山上要动手种脐橙了。

有马华的支持鼓励，肖宝生也信心百倍，精神大振。

种植脐橙起初投资大，马华既为肖宝生争取扶贫贷款，又申报产业奖补贴；肖宝生则苦口婆心地向一个个亲友借钱。他咬着牙，心中盼着脐橙挂果成熟的日子。

肖宝生终于盼来了这一天，脐橙行情见涨，调价每斤三块五，马华早已在网上帮肖宝生联系好了，一个浙江老板按此价格，照单全收，定金都已付了两万元。马华帮肖宝生估算了这近20亩脐橙产量将超一万斤。

随着脐橙树龄增大，产量将逐年增加，预计收益非常可观，肖宝生乐得满面生辉。

慧敏分娩了，给马华生了个胖小子。肖宝生闻讯后，来到乡里，上门道喜。

"恭喜兄弟喜得贵子！"肖宝生一进门，就向马华祝贺。

"谢谢，谢谢！"肖宝生的到来，也让马华欣喜，马华自与肖宝生结对帮扶后，他就对肖宝生说："以后我们就是亲戚了！"看来，几年的帮扶，功夫没有白费，肖宝生也有了产业，将摆脱贫困，走上富裕，而且肖宝生已把自己当作他的亲戚了。以往肖宝生每次来乡里赶集或购物，总会拎点时令蔬菜或者鸡蛋什么的，给慧敏捎去，非要慧敏收下不可，否则就说慧敏看不起他，不认他这个农村的穷亲戚

肖宝生的到来，慧敏也很高兴，高兴之后，又长叹一声："现

在又添一小孩,我们全家四口人,就靠马华一人的工资,以后这日子会更难过。"

马华嗔怪道:"你说这话干什么,添丁是喜事。"

肖宝生听后,禁不住把埋藏在心中几年的想法说了出来:"嫂子,你不用担心,马华帮我开发了脐橙园,这脐橙园也有你们的一份。"

"这怎么行呢?我是你的帮扶干部,帮你脱贫致富,是我分内之事。"马华解释说。

"你既出主意,又出钱出力,没有你这个脐橙园就办不起来,其实我早就有让你入股的想法,只是想等分红时再告诉你。"肖宝生说。

"我们不能要你的股份。"马华说。

"兄弟你也不容易,一家四口就你一个人的工资,村中还有年老的父母。你领着我办果园,走上了致富路,我也应知恩图报,再说国家不也提倡共同富裕吗?"肖宝生说得非常动情。

马华怎么也没想到,以前都是自己给贫困户做工作、讲道理,没想到这次却反过来了。肖宝生读过初中,有一定文化基础,讲得头头是道,入情入理,让马华都难以反驳。

心　愿

2015年，县里全面开展精准扶贫，我被单位安排在县城东门村，结对帮扶5户贫困对象。

那天，我和单位12名同事来到东门村，与村委会5名村干部见面后，大家便急着上门想认识自己结对帮扶的贫困对象。我在一个姓胡的村小组长引领下上门入户，最先来到了我的结对帮扶对象陈春秀家，初识了陈春秀。

陈春秀住在东门水果市场后面一间公房里，房子低矮、黑暗、潮湿、逼仄，面积不足20平方米，家中最值钱的是一台被人淘汰的长虹彩电。

闲谈中，我了解到陈春秀早年丧夫，她一人把一儿一女拉扯大，女儿十多年前已出嫁到会昌县乡下；儿子患有甲亢，无劳动能力，年逾三十，仍未婚娶。七十岁的陈春秀显得已很苍老，几年前因中风，手脚已不再利索。

我对胡组长说，这是典型的贫困户！

我按照妻子所说"看到的确苦的人给他点钱，比去寺庙烧香拜佛都要好"的指示精神，我聊表寸心，离开时拿出两百元。

陈春秀推辞一番，我执意要她收下，胡组长也在一旁相劝。

陈春秀双手合十，不断向我道谢。

看到陈春秀那家境，我心里沉甸甸的，逐一走访完那几户贫困户，回到村委会，我马上找到村干部进一步了解陈春秀家的情况。

"陈春秀怎么还住在那种房子里？"我问。

"她自己没房子，一直住公房。"村干部解释说。

"县里为解决困难群众住房问题，不是建了廉租房、公租房吗？"

"她可能没申请到。"

"像她这种情况不能享受廉租房、公租房，还有什么人能享受！"

"是，也不知她自己申请了没有。"

"我去问问她。"

下午，我独自来到陈春秀家，想问个究竟。

看到我来了，陈春秀很高兴，也很热情。

一问才知，陈春秀没有申请廉租房、公租房，她说自己不会写申请，又听人说申请廉租房、公租房要有关系，还要送礼，就打消了这一念头。

我从手提包中取出纸笔，代陈春秀写好申请书，帮她准备好所需材料。

陈春秀得知我要帮她申请廉租房、公租房，高兴得合不拢嘴。

几个月后，县城保障性住房项目"沐春苑"住宅小区竣工验收并交付使用。在我的帮助和努力下，陈春秀如愿了，安排到了一套公租房。

来到陈春秀刚搬入的新居，她很兴奋，拉住我的手说："感谢党！感谢政府！感谢廖干部！"

我与陈春秀很快就熟了，成了陈春秀家常客，如亲戚般，有说有笑。

陈春秀儿子范超身患疾病、无职无业，足不出户窝在家，不知从哪弄来台旧电脑，整天都在玩游戏、无所事事，一直是我心中的一块心病。

一天,我看到一篇报道,称县里一残疾人身残志坚,通过开网店不但能自食其力,还摆脱了贫困过上了幸福生活。

受此启发,我马上上门找范超谈心、商量,做通了范超的工作。家中刚买了部手提电脑,我说服妻子,把家里的那台使用不到一年的台式电脑搬来,送给范超,作为电商使用。

范超脑子好使,他以销售县内土特产为主,经过一番努力,生意有了起色,每个月都能稳赚两千元以上。

看到儿子坐在家中每月都能赚上几千元,陈春秀真可谓喜上眉梢,我也倍感欣慰。

范超做电商上路后,不再玩游戏了,收入不断上升,每月已达五六千元。范超的收入稳定后,经我撮合,范超喜结良缘,与乡下一离异女子结合,婚后不到一年,还生下一健康男孩。

转眼间,5年过去了,经过全国数千万名扶贫干部的共同努力,全国脱贫攻坚圆满收官。

我如期让结对帮扶的5户贫困对象顺利脱贫。

在国家精准脱贫考核验收组工作人员来到陈春秀家时,陈春秀高兴地向来人介绍了自己5年来的变化,脸上始终洋溢着笑容,然后,情不自禁地竖起大拇指:"共产党好!国家政策好!廖干部好!"让考核验收组工作人员非常满意。

事后,我听说,考核验收组工作人员在反馈检查验收情况时,特别提起了陈春秀,称精准帮扶就应该达到这种效果,既有实实在在的变化,又能使贫困户产生那种对党、对政府、对帮扶干部发自内心的感激之情。

我再次来到陈春秀家,告知通过脱贫考核验收后,陈春秀高兴之后,又心存疑惑,嗫嚅地问:"以后你还会来吗?"

我回答说:"肯定会来!我们就要像亲戚一样经常来往,有事随时可打我电话。"

听我这一说,陈春秀脸上又恢复了笑容,拉着我的手说:"这就好,这就好!"

时间进入2021年,中国共产党将迎来建党100周年。春节前夕,我来看望陈春秀一家,寒暄过后,我又问陈春秀有没有什么困难,有没有什么要求。

"我们没有什么困难!"陈春秀很肯定地说。

"那有没有需要我帮忙的?"我追问。

沉默片刻,陈春秀满脸绯红,怯怯地说出了埋藏在心中很久的心愿:"我想入党!"

巧　遇

　　家明起身伸了个懒腰，低头一看手表，已是下午 5:50 了，赶紧收拾好办公桌上的东西，准备下班回家。

　　这时，家明的手机响了，他想准是老婆催他下了班早点回家，拿起手机一看，是他挂点扶贫的湖边村第一书记建文打来的："家明吗？你的贫困户刘发明肺气肿又犯了，看样子还挺严重，你赶紧过来看看！"

　　"好的，我马上赶过来！"家明答道，显得很干脆。

　　家明挂点的湖边村离县城有 30 多公里，那个叫刘发明的贫困户属独居老人户，仅有两个女儿都外嫁了，一个远嫁到福建省去了，一个嫁到相邻的青峰县，去年他老伴一去世，刘发明便孤苦伶仃了，也怪可怜的。家明曾几次劝说让刘发明到乡敬老院去安度晚年，可老人家舍不得生养他的小山村怎么也不愿离开。

　　家明心急，驾车也快，不到 40 分钟就来到刘发明家。

　　见刘发明躺在床上脸色苍白，有气无力地喘着粗气，家明与站在一旁的建文和村主任说："得赶紧把他送到县医院去住院治疗！"

　　建文与村主任连声附和。

　　大家一起帮刘发明老汉收拾好东西后，家明背起刘发明，村主任在后面扶着，建文拎着收拾好的东西来到车前，小心翼翼地把刘发明抬上前面的座位，用安全带把他系稳。

"家明，辛苦你了！"建文与村主任说。

"应该的！"家明回道，随即便上车直奔县城。

站在一旁的数名群众见此情形，发出一阵阵赞叹声。

来到县医院，家明径直把刘发明老人送往医院老年科，帮他办好住院手续，在护士的安排下，他住进了205病房。

值班医师马上过来诊疗，问了老人和家明一些情况。医师检查过后，家明被护士唤出病房，来到护士站。

"你是病人家属吗？"护士问。

"算是吧！"家明答道。

接着，护士拿来住院病人及家属告知书等让家明一一签字。

回到病房不久，护士推车进来，为刘发明老汉接上氧气，挂上吊瓶为他输液，家明为刘发明老汉整理好被子，坐在一旁陪护。

一个熟悉的身影步入房内，让家明大吃一惊，他不由自主地站起来，脱口而出："爸爸！"

"家明，你怎么在这里？"

"我帮扶的一个贫困户老人生病了，我送他来住院。"

"好，好。"

"爸爸，你怎么在这里？"

"爸爸的心脏有点不舒服，都是老毛病了。"

"那你来县城住院，怎么不告诉我一声？昨晚我打电话回家，妈妈都说你身体挺好的，让她叫你接电话，她还说你睡了。"

"是我让她不要告诉你的，你要办案又要扶贫，你妻子晓梅要上课又要照顾小孩，都挺辛苦的，我住院调理一阵子就好了。"家明的父亲是退休教师，知书达理、善解人意。

"来几天了？"家明接着又问。

"来 5 天了,我感觉好多了,医师说再调理几天我就可以出院了。"父亲笑着说。

刘发明老汉看见此情此景,双眼红润,口齿不清地对家明父亲说:"你有一个好儿子!"伸出右手给家明竖起了大拇指。

刘发明老汉打完三瓶点滴,气色好多了,他睡着了,发出轻轻的鼾声。家明的父亲见家明仍没走的意思,便对家明说:"你回去吧,这里有我呢!"

家明看着父亲,嘱咐说:"你自己也要注意身体!"

家明回到家已 11 点了,妻子晓梅知他送贫困户上医院了,嗔怪道:"怎么这么晚,你对贫困户真是比对自己父母都要好!"

说起自己父母,家明想到自己因工作忙,一年难得回家看父母几次。这次父亲住院,为了不影响他工作,竟然没告诉他,家明感到自己真是愧对父母,很内疚地把父亲来县城住院的事告诉了晓梅。

家明这一说,让晓梅也很难过。

第二天,晓梅早早起了床,熬好了山药肉丝粥,用两个便当盒盛好,送儿子上了幼儿园后,便火急火燎地直奔医院。

来到医院门口,晓梅又买了些水果,在家明的引领下很快来到病房,眼前的一幕让他俩惊得目瞪口呆。只见家明的父亲左手拿碗,右手拿调羹,佝偻着背,正在一口一口给刘发明老汉喂粥。

看见儿子和儿媳妇进来,家明的父亲笑着说:"你们工作忙,不要整天过来,这里就交给我吧,爸爸这些天身体调理得差不多了,手脚还利索,你们就放心去工作吧!"

听完父亲说的话,家明双眼湿润,连忙背过脸,不敢看父亲。

跟　　踪

老杨大学读的是档案管理专业，毕业分在县档案局工作后就没再挪窝儿。

妻子竹英当初是看中老杨的大学文凭才嫁给他的。婚后，一起生活久了，竹英发现自己看走眼了，感觉老杨窝囊、没本事。老杨在县档案局这个清水衙门一待就没能走开，而且工作多年仍只是个普通的档案管理员。竹英在家常埋怨老杨、欺负老杨，渐渐地，老杨也习惯了。

竹英三十六岁那年，得了白血病。老杨不离不弃、细致入微长时间照顾竹英。竹英感动了，称老杨是好人，自己没嫁错，后悔自己这些年没好好待老杨。

为了女儿，老杨没再续弦。女儿上大学了，老杨便孑然一身。

这年冬，老杨在医院检查出患了鼻窦癌，幸亏发现得早，属于良性的，经积极治疗，得到有效控制。老杨患了鼻窦癌，为方便老杨外出治疗，局领导就没再安排老杨的具体工作。

随着国家精准扶贫战略的快速推进，县里要求档案局派出两人脱产长驻挂点帮扶村开展精准扶贫工作，一人任第一书记，一人任常驻队员。档案局赖副局长被选派担任第一书记，档案局上下只有6人，常驻队员的选派让局领导伤透了脑筋。局领导看到了脸色红润的老杨，无奈打起了老杨的主意。

没想到，老杨二话没说，应承下来。

老杨无牵无挂，来到竹坪村。自己是常驻队员，就应以身作则，他在竹坪村为自己选定的 8 户结对贫困户都是那些孤寡老人或患有大病的人家。

老杨护理妻子多年，自己又是鼻窦癌患者，对照顾老人、病人，他有经验，也不嫌弃。老杨也知道作为行将就木的老人、生命垂危的病人是最需要关心、关爱的。他扎根竹坪村，一有空，就往这些贫困户家跑，嘘寒问暖，耐心聆听老人的倾诉，与身患大病者交流，鼓励其热爱生活、战胜病魔。一来二往，老杨得到村中贫困户的一致好评。老杨走到哪里，哪里便是一片欢声笑语。老杨是个非常称职的常驻队员，不但熟悉自己的那 8 户结对贫困户，全村其他一百多户贫困户的情况也烂熟于心，逐一上门拜访过。

老杨在竹坪村一待就是 6 年。这六年老杨屈指算了，他那 8 户结对贫困户有 3 个孤寡老人、3 个大病患者去世，不是亲人胜似亲人。老杨一点也没有顾忌，都在他们生命的最后一刻陪伴着他们，一一为他们送终，帮助他们处理了后事。

全国宣布脱贫后，老杨才回到局里。回来不久，老杨病倒了，大概是这么多年在乡下扶贫，积劳成疾，又没有及时去复查，他的鼻窦癌恶化了，不得不在县医院住院治疗。

竹坪村的村干部和群众一拨拨来医院看望老杨。老杨很淡定，早已预料到自己的死期。

面对前来探望他的全体村干部，老杨还开起了玩笑，笑着说他这几年在村中帮扶，他结对帮扶的贫困户有 6 个人去了，还有其他干部帮扶的对象有 9 人去了，他不放心，准备跟踪到下面去为他们服务。

几个村干部听了，克制住内心的痛苦，强颜欢笑，不让眼泪流出来。

老杨临终时，他在国外留学的女儿回来了，几个村干部也来了，还来了不少群众。

女儿问老杨有没有什么要交代的，老杨轻轻摇头。女儿又问老杨想安葬到何处，老杨的目光看了看村支书，默不作声。

村支书明白了老杨意思，走上前，低下头，问，你是不是想葬在竹坪村，老杨轻轻点头。

在竹坪村的村干部和群众的帮助下，老杨火化后，安葬在竹坪村，与他曾帮扶已故的几个贫困户同在一个小山坡上。

来年清明，村中群众来这里扫墓，都会来老杨的墓地，他们早已把这里安葬的老杨，当成了自己的亲人。

慰　问

　　春节临近。这天，天刚蒙蒙亮，刘副局长便起了床，像往年一样，他得到局里的扶贫挂点村去走访慰问村里的贫困户。

　　家里的年货还没准备好，老伴又在唠叨说："每年过年，人家都在家里忙，你却总是往大山沟里跑，让办公室主任或者其他人去还不一样。"唠叨归唠叨，他早已听惯了。跨出家门，老伴再一次提醒他，到了杉树村，别忘了买两箱椪柑回来过年。杉树村的椪柑美味甘甜、又不上火，是县里的主要特产之一。

　　到了局里，司机小李早已在此等候。刘副局长看了看车厢里早已装好的慰问品，马上吩咐司机开车。小车在通往杉树村弯弯曲曲的道路上快速行驶。刘副局长闭目养神，思绪万千。

　　刘副局长到杉树村挂点扶贫，不知不觉已有6年了。村里每家每户他都走遍了，村中的男女老少，没有谁不认识他的。每次下到村里，村民们都热情招呼他，争着请他到家里去。在他用心帮扶下，村里一天天富起来，农户们甭提有多高兴了，对他自然是千感激万感谢。他来时，去几个自然村还没有公路。要致富、先修路，他牢记这些经验。为村里要项目、跑资金，号召局里干部捐款，自己也拿出5000元的积蓄，带领村里的劳力炸山、挖石、挑土，修通了通往各自然村的公路，这方便了村民们出行。村里有几个农户家种了椪柑，规模不大，满足于自给自足。椪柑是个好品种，他进村了，马上与省农大的同学联系上，来到村里考察。

发现这里的土质、气候非常适宜种植椪柑，他又为村民们筹集资金，大力推广椪柑种植。如今，村民们种下的椪柑大都已挂果，营养美味的椪柑被运送至全国各地，很受欢迎。

6年来，单位上一批批干部跟着刘副局长来到村里。起初，一些生长在城里、上班在机关的干部被他领来，看到贫困的山区，真可谓心灵受到震撼，灵魂得到洗礼。后来，村里慢慢在发生变化，来到村里的干部看到了蒸蒸日上的农村，更加坚定了扶贫的信心和热情。村里仿佛成了单位干部锻炼、进行思想教育的阵地。特别是今年开展党史学习教育期间，干部们都在星期天争着来到村里，与农户同吃同住同劳动，体验新时期的农村生活，并与农户结上了对子。

小车一路颠簸，不知不觉就要到达杉树村了，小李对刘副局长说："过年了，买两箱椪柑回去吧。"

刘副局长摇摇头，说："老表们哪里会卖给你？你说买，他们会收我们的钱吗？"

村民们是淳朴热情的。刘副局长每次来村里，他们总要将自己家种的土特产送给他，但他从未接受过。他认为村民们还很穷，自己力所能及做点事，作为一名共产党员是应尽的责任。间或，村民们进城办事，来到他家也都会提一些土特产来，他也执意要拿钱给他们，还告诫老伴和家人，农户穷，不能随便占人家的便宜。

到了村委会，在村干部的陪同下，刘副局长走村串户忙了一整天，天黑了才匆匆离开。老伴说买椪柑的事他只字未提，早已忘到脑后去了。

回到家已是深夜，家人都睡了。刘副局长看到客厅里放了两箱椪柑、两箱脐橙，心想：一定是妻子断定自己不会买，自己上街买了。洗漱完毕，他悄悄爬上床。老伴被惊醒，说："你们单位到杉树村买了椪柑和脐橙,今天杉树村那个杨石头开了车子,和几个果农挨家挨户在发送。"他顿时明白了,这一定是村里那几个果农自发进城,来慰问我们单位干部的。下午,他听村主任讲,干部们给村里果农们资金扶持,果农们都称一定要表示感谢。

这一夜,刘副局长辗转反侧,彻夜未眠。

情

可以说秀秀是刘老看着长大的，退休前刘老在机关里任副局长，他到秀秀的村子扶贫。

那村很穷，村委会设在一座破庙里，破庙年久失修已成危房，不能住人。秀秀家就在村委会旁边，刘副局长就被安排在秀秀家搭宿。秀秀有三姐妹，秀秀是老大，有一个妹妹、一个弟弟。秀秀爸爸因小时患小儿麻痹症，落下残疾，不能干重体力活，因而秀秀家生活非常困苦。那时秀秀才十岁，读三年级，听说每次考试都是班上第一名。俗话说："穷人的孩子早当家"，十岁的秀秀便很懂事了。在家不但会关心照顾弟弟妹妹，还会帮着爸妈做饭、洗衣、喂猪，农忙时还会去田里拔秧，像个大人。秀秀也很有礼貌，对在家搭宿的刘副局长总是笑吟吟地称呼"刘伯伯"，每天洗衣时，还争着为他洗衣。刘副局长家比秀秀大的儿子和女儿还不如秀秀懂事。每次回到家，刘副局长都要在儿子、女儿面前谈起秀秀。

刘副局长认准了这家穷亲戚，每次从县城回来，他都要给秀秀三姐妹买些铅笔、本子、课外书，引导他们好好学习。到了农忙季节，刘副局长还要帮秀秀家干上几天农活儿。有年暑假，他把儿子、女儿也带来锻炼，帮秀秀家做农活儿。

秀秀小学毕业，考了全村第一名，录取在乡初中。刘副局长也为秀秀感到高兴。可开学了，秀秀却偷偷流泪。有一天，刘副局长发现了秀秀眼角的泪水,追问原委,秀秀才哭哭啼啼地说:"我不能上学了,弟妹都在上学,家里负担不起。"听后,刘副局长马上安慰秀秀,找到秀秀爸爸,执意要求让秀秀读书。看到秀秀爸爸满脸的无奈,刘副局长当场表示:"从今以后,秀秀的学费我包了。"

秀秀拿着刘副局长给的学费到乡里上初中了,家里少了个帮手,生活更困难了。刘副局长看在眼里,急在心里。后来终于有了个主意,秀秀家居村中,开个小商店应该不错。刘副局长帮秀秀爸爸借来五千元,办好了执照,开起了小商店。从此,秀秀家的生活渐渐有所改善。刘副局长每次回到县城前,还要问秀秀爸妈缺啥货,下次捎来,为他们省些进货的开支。

秀秀在乡里读书,每星期六回来,总是忙个不停,为爸妈做些事。秀秀在初中的学习成绩也名列前茅,转眼间秀秀快初中毕业了。有一天,秀秀对刘副局长说,快毕业要填志愿了,她打算考中专,早点参加工作,为刘副局长和家里省点钱,让弟弟妹妹也能读上书。刘副局长为秀秀惋惜,他本希望秀秀也能像自己的儿子、女儿一样读完高中上大学,但看到秀秀的家境,他答应了秀秀。

秀秀考上了地区卫校,刘副局长和秀秀一家人都很高兴。村里也沸腾了,因为秀秀是村里第一个考上中专的女孩。临走时,村支书也带领村干部来送行。上卫校的秀秀常给家里来信,更不忘给刘副局长写信,感激刘伯伯的恩情。在卫校读书的秀秀品学兼优,每年都能评上奖学金。

在刘副局长与全村村民的共同努力下,村委会新建了办公楼,也修好了通往乡里的公路。扶贫期到了,刘副局长与村民恋恋不舍地道别。但离开后的刘副局长,每年仍要回村里看望老朋友,慰问穷亲戚。当然,每次回到村里都要到秀秀家。

秀秀以优异成绩毕业了，作为优秀毕业生分在县医院工作。在县城工作的秀秀只有刘伯伯这家亲戚，她忘不了刘伯伯一家的恩情，一有空，她都要来看望刘伯伯夫妇。老两口身体稍有不适，秀秀就会上门忙个不停。

退休后不久刘老便丧偶了，一儿一女大学毕业都分配在外地工作，也已经成家立业。在人们眼里，晚年的刘老是不幸的，因为他只身一人在县城，无依无靠，再加上刘老久治未愈的关节炎、高血压，真是寂寞痛苦。事实上刘老觉得他是很幸福的，因为秀秀如他亲女儿一样，经常来看望他、照顾他，给了他莫大的安慰，他感觉到了人世间真正的情和爱。